»Wie viele Momente gab es noch im Leben, die besser anders gelaufen wären« – fragt sich Berie öfter in diesem Sommer, den sie mit ihrer besten Freundin Sils verbringt. Ein Sommer voller Aufbruchsehnsucht, ersten Flirts, gegenseitigen Bekenntnissen. Beide arbeiten in »Storyland« – einem Märchen-Vergnügungspark, wobei die hübsche Sils als Cinderella die Besucher bezaubert. Berie hingegen ist die Kluge, die noch nicht ganz so weit entwickelt ist, gerne mal im Abseits steht – eine linkische Froschkönigin, die Sils vor falschen Prinzen bewahrt. Auch wenn man ahnt, dass diese Freundschaft nicht bestehen wird, so wird sie doch jene sein, die Berie in ihrem Herzen bewahrt, wie die Erinnerung an das Mädchen, das man einmal war und nie wieder sein wird.

Lorrie Moore, geboren 1957 in Glens Falls, New York, lehrt Anglistik an der University of Wisconsin-Madison. Bekanntheit erlangte Moore vor allem durch ihre Kurzgeschichten, für die sie unter anderem den O.-Henry-Preis und den Rea Award for the Short Story erhielt. Ebenfalls erschienen sind bei BvT *Pepsi Hotel, Was man von einigen Leuten nicht behaupten kann* und *Leben ist Glücksache*. Im Frühjahr 2011 erscheint ihr neuer gefeierter Roman *Ein Tor zur Welt* im Berlin Verlag.

LORRIE MOORE

DIE FROSCHKÖNIGIN

Roman

Deutsch von
Patricia Klobusiczky

Berliner Taschenbuch Verlag

FSC
www.fsc.org
MIX
Paper from
responsible sources
FSC® C018072

Mai 2011
Die Originalausgabe erschien 1994 unter dem Titel
Who Will Run the Frog Hospital?
bei Alfred A. Knopf Inc., New York

Die deutschsprachige Ausgabe erschien erstmals 1996
bei Rowohlt Verlag GmbH, Reinbek bei Hamburg

Umschlaggestaltung: Rothfos & Gabler, Hamburg, unter Verwendung
einer Vorlage von © Richard Fremont / getty
Satz: L101 Mediengestaltung, Berlin
Druck und Bindung: Clays Ltd, St Ives plc
Printed in Great Britain
ISBN 978-3-8333-0755-3

www.bloomsbury-verlag.de

Für M F B

Warum Aufmerksamkeit heischen – wie ein Frosch – den eigenen Namen preisgeben – den ewigen Juni

Emily Dickinson

Gottlob wurde dieser See als Sinnbild tief und rein geschaffen.

Henry David Thoreau, *Walden*

Gut gelaufen, Thisbe.

William Shakespeare, *Ein Sommernachtstraum*

In Paris essen wir jeden Abend Hirn. Mein Mann mag den luftigen, fischartigen Schaum. Für ihn ist es eine Art Meeresfrucht, die vom Schädel fest umschlossen wird, wie Schalentiere in den dunklen Höhlen des Ozeans, die sich plötzlich freischwimmen und vom Licht getötet werden; das Hirn ist zu Muschelfleisch geworden, vor lauter Geborgenheit, Unverwundbarkeit, verträumten Nächten. Ich esse, weil ich in die Vergangenheit versetzt werden will.

»Auf des Nachbarn Feld steht das Korn immer besser«, sagt Daniel, mein Mann, mit erhobenem Zeigefinger, als sei ihm diese Eingebung gerade durch die *cervelles* gekommen. »Denke stets an das Tier, das du ißt. Und es wird auch an dich denken.«

Ich warte auf einen Proustschen Moment, auf vergessene Kindheitsgeschichten. Ich kaue lange darauf herum, bringe das Hirn zum Schmelzen, ich warte, daß etwas in meinem Kopf freigesetzt wird, durch Empathie oder chemische Reaktion oder eine andere Form von Proteinzufuhr. Ein Sturm im Wasserglas, ein Taifun im Tintenfisch; es gibt auch Wein, und wir trinken reichlich davon.

Neben uns sitzen Leute, die uns Schnappschüsse von ihren Kindern zeigen. *»Sont-ils si mignons!«* sage ich. Mein Mann bildet Sätze in seinem persönlichen Kauderwelsch. *We, us, have no little ones*. Er kann kein Französisch. Aber er hat mal Spanisch gelernt, und jetzt erzählt er dem Ehepaar neben uns mit hartnäckiger Wehmut von unserer Kinderlosigkeit. »Aber«, fügt er hinzu, unserer Katze liebevoll eingedenk, »zu Hause haben wir einen großen *gato.*«

»Gâteau heißt ›Kuchen‹«, flüstere ich ihm zu. »Du hast ihnen gerade mitgeteilt, daß wir zu Hause einen großen Kuchen haben.« Ich weiß nicht, warum er ständig unsere Tischnachbarn in ein Gespräch verwickeln muß. Aber er tut es immer wieder, er findet es wohl freundlich und höf-

lich, gar nicht plump und aufdringlich, wie ich es dagegen empfinde.

Anschließend gehen wir stets zu demselben *chocolatier,* um Whiskeytrüffeln zu kaufen. Unter der Zunge spürt man den warmen Sturm, der in ihnen eingefangen ist.

»In welchem *agrandissement* sind wir gleich?« fragt mein Mann.

»Welches ›agrandissement‹?« entgegne ich. »Weiß ich nicht, aber ich glaube, wir sind in einem der *ganz* großen.« Mein Mann spricht *tirez* aus, als ob es spanisch wäre, *père,* als ob es *pier* hieße. Indem ich ihn zärtlich necke, überspiele ich, wie sehr mich sein Mangel an Liebe trifft. Und doch kommen wir miteinander aus. Wir zupfen uns gegenseitig am Ärmel. Wir rufen »guck mal da!« und hoffen, daß unsere Blicke zusammentreffen, unsere Gedanken verschmelzen. Wir sind in Paris, von makellosem Marzipan und Licht umgeben, umweht von dem leichten Geruch nach Abwasser und Polizeistaat. Ich mit meinem Hüftleiden und er mit seinen Plattfüßen (»Plattitüden« nennt Daniel sie) laufen wir beide über die Quais, im Nieselregen bleiben wir auf allen Brücken stehen und blicken auf diese hübsche Stadt, während wir uns beide insgeheim vorstellen, mit jemand anderem verheiratet zu sein – genau hier in Paris. Manchmal auch nicht, manchmal fragen wir uns einfach, stumm oder laut, was aus der Welt werden soll.

Als Kind habe ich eine Zeitlang alles mögliche versucht, um meine Stimme zu spalten. Ich wollte Akkorde anschlagen, meine Kehle zu Harmonien aufsplittern – ich stellte sie mir vor wie ein blühendes Klangfeld. Es schien mir durchaus machbar zu sein. Ich dachte, durch Konzentration und einen kräftigen Luftstoß könnte ich meinen Innenraum bevölkern, die Menschenmenge in meinem Kehlkopf entfesseln, Leben zur Welt bringen, all die Stimmungen und Nuancen freisetzen, all die herrlichen und mystischen Wesen, von denen meine innere Sprache erfüllt war. Nachmittags zog ich allein los, bis hinter den Garten und die Johannisbeersträucher, an den lavendelköpfigen Schnittlauchbeeten und dem zarten Spargel vorbei, an den Sonnenblumen, die ein Reh oder verfrühter Frost umgeknickt hatte, und an den grasüberwucherten Gräben vorbei, bis zur Wiese weit hinter unserem Haus. Oder ich lief die Straße hinunter bis zu dem verlassenen Gelände neben der Marinekaserne, wo im Winter der dorfeigene Pflug- und Müllwagen Schnee ablud und im Sommer die Jungen manchmal Ball spielten. Von dort aus betrachtete ich die Wiesenblumen, den Mulch aus Sumpf und Laub, das Frühjahrsmoos, das auf den Steinen grünte, oder aber die zerklüfteten Berge von grauschmutzigem Schnee, je nach Jahreszeit – mal waren meine Handschuhe eisverklumpt, mal meine Hände schlammverklebt –, und dann sandte ich aus den Tiefen meines Kehlkopfes dunkle Töne zum Horizont hinaus und helle Töne steil zum Himmel empor. Ich muß wohl Schmerz empfunden haben. Ich wollte heulen und fliegen und entzweibrechen.

Das Ergebnis war viel Husten, Keuchen und eine Heiserkeit, die für ein Kind beängstigend war, wie mir Mrs. Leblanc, unsere Putzfrau, sagte. »Hast du dich erkältet, Miss Berie Carr?« fragte sie mich oft, wenn ich zu früh zum Mittagessen hereinkam. Sie sprach meinen Namen immer so aus, daß er irisch klang, obwohl er es nicht war. »Nee«, sagte ich dann barsch. Sie war fröhlich, aber auch brummig, und sie roch nach Zwiebeln; ich mochte ihren Atem nicht in meiner Nähe; ich wollte nicht, daß sie mich wie eine Krankenschwester untersuchte. Wir konnten uns eigentlich gar keine Putzfrau leisten, aber meine Mutter fühlte sich oft einsam, selbst in unserem überfüllten Haus, und sie saß gern mit Mrs. Leblanc in der Küche zusammen, bei Zigaretten und Tee. Auch wenn ich Mrs. Leblanc nicht zu Gesicht bekam, selbst wenn es mir gelang, ihr aus dem Weg zu gehen, wußte ich doch, wann sie dagewesen war: Das Haus war dann von Tabakrauch erfüllt und immer noch unordentlich, abgesehen von den Zeitschriften, die zu neuen Stapeln geschichtet waren; meine Mutter summte vor sich hin; der Scheck war von der Anrichte verschwunden.

Als sich nach einem Jahr die Akkorde, die ich mir erhoffte, immer noch nicht eingestellt hatten und das einzige, was ich hervorzubringen vermochte, ein tiefes, dröhnendes Rasseln zur Begleitung meiner Hauptstimme war (wo blieb denn der Chor der Engel, der einzig wahre Jazz?), hörte ich schließlich auf. Statt dessen begann ich, mir bei Spinnweben und fünfeckigen Steinen ganz andere Dinge zu wünschen. Ich wünschte mir ewiges und geheimnisumwittertes Stummsein. Ich wollte das Mysteriöse Mädchen Ohne Stimme sein, die Enigmatische Elfe. Die menschliche Stimme interessierte mich überhaupt nicht mehr. Die menschliche Stimme war mir zu gewöhnlich. Ich fühlte, es war wichtig, etwas Außergewöhnliches zu tun. Ich wußte nur nicht, was.

Obwohl bei uns zu Hause keine einzige Stimme gewöhnlich war – eigentlich nicht. Auch wenn es mich praktisch ein ganzes Leben gekostet hat, das herauszufinden – bis zu jenem Sommer, in dem ich fünfzehn war. Außergewöhnlich war so manches: Jahre, in denen das kanadische Französisch meiner Mutter sich immer nur in die gräßlichsten Wiegenlieder einschlich. Oder der pseudovornehme Tonfall, den ihre Stimme annahm, wenn sie bei ihren ehrfurchtgebietenden Schwiegereltern Eindruck schinden wollte – ihre Stimme verwandelte sich, versuchte, sich sozial und geographisch neu zu orientieren. Oder Jahre, in denen mein Vater sein Schuldeutsch bei den Mahlzeiten förmlich quer über den Tisch feuerte, während meine Mutter sich ängstlich bemühte, dieser Art Unterricht zu folgen, um beim Abendessen mit ihm über persönliche Dinge zu sprechen – ohne daß die Kinder etwas mitbekommen sollten. *»Was ist los, Schätzchen?«*

»Ich weiß nicht.«

Ab und zu wohnten Studenten aus fremden Ländern für einige Wochen bei uns, sie schliefen auf einem der Feldbetten – im Wohnzimmer, im Keller oder im Arbeitszimmer. Manchmal waren es auch Lehrer – aus Tunesien, Argentinien oder Tansania, aus Ländern, deren Namen wie die Namen bildhübscher kleiner Mädchen klangen. Es waren südamerikanische Städteplaner vertreten, afrikanische Flüchtlinge. »Meine Eltern wollten nur die Nachbarn schockieren«, erklärte ich dann Jahre später, wenn ich bei gesellschaftlichen Anlässen über meine Erziehung sprechen und im gleichen Atemzug amüsant sein sollte.

Für mich als Kind schien alles in unserem Haus fremd, verschlüsselt, von Stimmungen durchsetzt. Menschen kamen und blieben, dann gingen sie wieder weg.

Das bewirkte bei mir unter vielem anderen ein taubes Ohr für Sprachen. Mein Gehirn sträubte sich gegen die Laute, es setzte sie neu zusammen und verfremdete sie. Eine Zeitlang hielt ich Sandra Dee nicht bloß für eine Schauspielerin, sondern auch für einen der französischen Wochentage. Ich sang »Frère Jacques« und stieß zu meiner Verblüffung auf die Zeile »Sonny, lehr Martina«. In dem Bewußtsein, daß eine fremde Sprache oft mit dem spannungsgeladenen ehelichen Geheimcode einherging, von dem »die Kinder« ausgeschlossen waren, und all das verbotene Zwitschern und Schnaufen allein »den Gästen« vorbehalten blieb, wurde ich immer mürrischer und stellte mich taub. Damals konnte ich mir mein Grollen selbst nicht erklären; ich schaltete mich einfach aus. Oft stocherte ich nur lustlos in meinem Essen herum – dem stark mehlhaltigen Hackbraten, dem kanadischen Eintopf mit Sülze oder den Fischstäbchen, deren Panade sich löste – oder ich aß zuviel. Ich stopfte mir den Mund voll und mußte mir beim Kauen den Bauch halten. Von früher Kindheit an und noch lange danach schien es mir nur eine Form von Höflichkeit zu sein, daß mein Gehirn sich immer dann sperrte, wenn ich etwas hörte, das nicht Englisch war – Mr. Gambaris Ibu oder Mrs. Carmen-Perez, die ein spanisches Lied sang. Meine Lehrer in der Schule – Französisch, Deutsch, Latein – riefen mich zwar ständig auf, doch ich konnte nicht hören, was sie sagten. Ich wußte nie, was gemeint war – ihre Lippen bewegten sich einfach, und zu mir drang ein Wirrwarr unheimlicher Laute.

Später, als ich schon erwachsen war, spielte mir jemand auf einer Dinnerparty eine Aufnahme von asiatischen Mönchen vor, die tatsächlich in der Lage waren, ihre Stimmen zu spalten. Sie brachten einen zersplitterten, chorartigen Klang hervor, als wäre jeder einzelne von ihnen zugleich er selbst und noch viele andere. Es war ein Chor des Gebrochenseins, des Klagens und Jammerns. Es war nicht schön, und doch erinnerte es mich ausgerechnet bei diesem öden Essen – ein jeder hatte etwas über Marx zu sagen, über Freud, Hockey, Hockney, über Liberale, die für dumm verkauft wurden, über Radikale, die an Phlebitis litten, ob Gorbatschow wohl bald einen Pflasterstein auf dem Sunset Boulevard bekäme? – erinnerte es mich an den Klang, den ich vielleicht zustande gebracht hätte, wenn meine Mühen belohnt worden wären. Es erinnerte mich daran, wie Kinder immer das Unmögliche wollen; daran, wie die Welt sie zurechtstutzt und bearbeitet, um sie in sichere Bahnen zu lenken.

»Sicher« bin ich heute gewiß – oder sollte es zumindest sein. Die Sicherheit ist in mir, sie hält mich aufrecht, wie ein Rückgrat. Mein Blut bahnt sich keine neuen Wege, es kennt seine Richtung schon, es sickert am vertrauten Ort dahin, wird träge und bequem. Und doch gibt es in der kleinen Stadt, in der wir leben, ganz andere Momente, selbst in letzter Zeit, wenn ich meinen Mann hin und wieder wegen eines nächtlichen Spaziergangs allein ließ; der Mond hing kopfüber am Himmel, er glich einem grellen Paradiesvogel, einem fantastischen Irrtum – ein solcher Mond, der dem Büroalltag und der langweiligen Routine zum Trotz Himmel und Straßen mit Licht überflutet, muß zwangsläufig grotesk wirken –, und während des Spaziergangs, der mich in stille Ecken führte, von einem kühlen Modergeruch begleitet und den Baumwipfeln, die ein plötzlicher Windstoß rauschen ließ, spürte ich auf einmal die alte Unbändigkeit wieder. Rückkehr und Rausch eines Gefühls. Mit Sexualität hat es eigentlich nichts zu tun. Mehr mit Abenteuer und Flucht, der Drang eines Jungen, von zu Hause wegzulaufen. Immer wieder spürbar, ein Wunsch, der unerfüllt bleibt, der mich unvermittelt wie ein Blitzstrahl durchzuckt, ein Schatten, den ich hinter mir herschleife und der in die entgegengesetzte Richtung drängt, obwohl er letztlich doch immer an meiner Seite geblieben ist, als wüßte er um die Unmöglichkeit jenes anderen Lebens, wie ein braver Hund, braver Hund, braver Hund. Er hat mich nie verlassen.

In dem Sommer, als ich fünfzehn war, hatte ich einen Job im »Storyland«, zusammen mit meiner Freundin Silsby

Chaussée, um die es hier eigentlich geht. Storyland war ein Vergnügungspark, gut fünfzehn Kilometer außerhalb unseres Heimatstädtchens Horsehearts, etwa 400 Meter von dem See entfernt. Dort drehte sich alles um Figuren aus Kinderbüchern, es gab Kulissen und kleine Darbietungen, die sowohl Kinderreime – Hickory Dickory Dock oder Little Miss Muffet – als auch Märchen in Szene setzten. Schneewittchen. Hänsel und Gretel. Es gab Karussells und Rutschen. Wie bei der Alten Frau, die in einem Schuh wohnte, wo man den riesigen roten Stiefel bis ganz oben erklimmen konnte, um sich dann auf der Aluminiumlasche in einen Sandkasten gleiten zu lassen. Es gab die Drei Wilden Ziegenböcke – eine gewölbte Redwoodbrücke, ein riesiger Gipstroll und drei echte Ziegen, die man mit Roggenfutter aus dem Automaten beglücken konnte. Es gab ein Dschungelsafarigebiet, mit schwebenden Seilbrücken und falschen Krokodilen, die im Wasser trieben. Es gab die Frontiersiedlung mit einer nachgebauten Geisterstadt, die High-School-Jungs aus der Gegend als Cowboys verkleidet. Schließlich gab es noch die Memory Lane – ein überdachter Gang, der von dem Souvenirshop zum Ausgang führte, gesäumt von Gaslaternen und prächtig ausstaffierten Schaufensterpuppen – mottenzerfressene Turnüren und Zylinder –, die wackelig an alten Kutschen lehnten. An Regentagen verbrachten Sils und ich manchmal unsere Mittagspause in Memory Lane, dann setzten wir uns auf eine von den Parkbänken, die an der Wand standen. Wir fielen aus dem Rahmen, waren fehl am Platz – halb Pantomimen, halb Vandalen. Aber die meisten Touristen lächelten bloß und beachteten uns nicht. Wir sangen zur blechern klingenden Musik, die vom Band kam, egal was es war – für gewöhnlich »After the Ball« oder »Beautiful Dreamer« –, manchmal war es jedoch einfach nur der Storyland-Song:

Storyland, Storyland –
Kein Land von Traurigkeit.
Hier werden durch Zauberhand
Eure Träume Wirklichkeit.
Viele Märchen werden wahr
Und Kinderreime sonnenklar.
Storyland, Storyland –
Für die gaaanze Familie
(Und Großma-ma!)

Bei dieser Coda über Großmama, die in einer Art verminderter Septime verhallte, wie die groteske Begleitmusik zu einem Zeichentrickfilm – waa-waa-waa –, mußten wir immer das Gesicht verziehen. Stets sangen wir mit, den Mund voller Sandwich, dann rissen wir ihn weit auf, um unser zerkautes Essen zu demonstrieren, sowie unser Entsetzen bei der Vorstellung, daß unsere Großmütter vielleicht hier im Park weilten, vor einem der Karussells Schlange standen.
Und Großmama!
Iiih!
Sils war eine Schönheit – das Blau ihrer Augen ein intensives schwarzgesprenkeltes Aquamarin, ihre Haut glatt wie Seife, ihr Haar lang und schlickfarben, aber hier und da mit einer pirolgelben Strähne, in der sich das Sonnenlicht fing wie in einem Fluß.
Sie war von dem Manager als Cinderella angeheuert worden. Dafür mußte sie ein schulterfreies Abendkleid aus Satin tragen und in einer großen Kürbiskutsche aus Pappmaché herumfahren. Kleine Mädchen standen Schlange, um in die Kutsche zu klettern und mit ihr durch den Park zu fahren – das war eine der Attraktionen –, um schließlich neben einem riesigen Fliegenpilz abgesetzt zu werden.

Zwischendurch holte mich Sils auf eine Zigarette ab. Ich war Kassiererin am Eingang. Jeden Tag kamen allein durch eine einzige Registrierkasse sechstausend Dollar rein. Die Kunden beschwerten sich über die Preise, mogelten beim Alter der Kinder, zählten das Wechselgeld peinlich genau nach. *»Gardez les billets pour les manèges, s'il vous plaît«*, sagte ich zu den Kanadiern. Als Uniform trug ich einen Strohhut, ein rotweiß gestreiftes Kleid mit einer bauschigen roten Schürze und auf der Brust ein Namensschild: Hallo, ich bin Benoîte-Marie. Ich hatte zwar kleine Münzen in den Schürzensaum eingenäht, damit sie nicht bei jedem Windstoß hochwirbelte, aber sonst gab es wenig Möglichkeiten, das Kleid auch nur halbwegs erträglich zu machen. Ich habe einmal ein Mädchen gesehen, das im Jahr davor gefeuert worden war und in der Stadt immer noch dieses Kleid samt Schürze trug. Die Leute sagten, sie sei verrückt, und das war in der Tat nicht zu übersehen.

Im Sommer war die ganze Gegend voller kanadischer Touristen, die von hinter der Grenze aus Quebec kamen. Sils erzählte gern Anekdoten von ihrem alten Job als Kellnerin bei HoJo's: »Isch möschte Eier«, sagte mal ein Mann, der jedes einzelne Wort langsam in einem kleinen Taschenwörterbuch nachschlug.

»Wie hätten Sie die gern?« hatte sie ihn gefragt.

Der Mann blätterte weiter, um die richtigen Wörter zu finden. »Isch 'ätte gern ... ehm ... auf flache Teller.«

Es schien keine Rolle zu spielen, daß wir selbst zum Teil frankokanadischer Herkunft waren. *Sur le plat.* Spiegeleier. Es machte uns einfach Spaß, derbe, dumme Witze über diese Touristen zu erzählen, die zwar für die Wirtschaft unserer Gegend unentbehrlich waren, aber zu wenig Trinkgeld gaben, die Mädchen blöd anmachten, ihre Hemden offen trugen und ihre Bäuche aus der Hose quellen ließen, die sich beschwerten, dünne Zigarren rauchten und eine dreckige Lache hatten – uns war jeder Anlaß recht. Wir hatten eben gelernt, uns über die Touristen lustig zu machen, wie alle, die in Feriengebieten leben. Im Winter spotteten wir über die Städter, die in den Norden kamen, um auf dem Garnet Mountain bei Horsehearts Ski zu fahren. Sie trugen knallbunte Jacken und Steghosen und hatten teure Skier, doch mehr als durch den Schnee stapfen konnten sie nicht. Bei jedem Sturz jammerten sie, sie weinten, wenn ihre Skier sich lösten und die Piste hinunterglitten. Nur mit Jeansjacken, Jeanshosen und alten Schnürstiefeln ausgerüstet, sausten wir an ihnen vorbei. Wir grinsten schadenfroh und summten Songs von Janis Joplin, während wir in die stillen Haine hinabglitten. Wir trugen die Überlegenheit der Alteingesessenen zur Schau. In solchen Momenten empfanden wir unsere relative Armut als Trumpf, die Schlagfertigkeit der Eingeborenen.

Wenn Sils – Cinderella höchstpersönlich! – mich im Storyland für eine Zigarettenpause abholte, schloß ich meine Kasse ab und bat einen der Kartenabreißer, ein Auge darauf zu werfen, dann ging ich mit ihr in die Allee, die zwischen Hickory Dickory Dock und Peter Pans Paradies lag. Dort holten wir ein Päckchen Zigaretten aus der Tasche und rauchten jeweils zwei, Sobranies und Salems, die uns das Gefühl schenkten, verführerisch und weise zu sein. Manchmal stieß unsere Freundin Randi für ein Päuschen dazu, sie war Bo Peep, auf der Suche nach ihren verlorenen Schäfchen mußte sie durch den Park streifen, angetan mit einem vergoldeten Stab, weißgerüschten Hosen und einem Käppchen mit gelben Schleifen (mit weinerlicher Stimme fragte sie die Kinder: »Wo sind meine Schäfchen? Liebe Kinder, habt ihr meine Schäfchen gesehen?«).

»Habt ihr vielleicht meine verdammten Schafe gesehen?«

fragte sie uns, wenn sie in die Allee trat (oder in die Memory Lane, falls es gerade regnete und zufällig Mittagspause war) und ihre Rüschenhose hochzog, deren Gummiband sie ständig kratzte. Zehn Jahre später sollte Randi als Vertreterin für Mary-Kay-Kosmetik einen Nervenzusammenbruch erleiden: sie hörte zwar mit dem Verkaufen auf, aber nicht mit dem Bestellen; die Warenkartons stapelten sich in ihrem Keller, während Randi, statt sich von Tür zu Tür zu klopfen, ins Blaue fuhr, sich auf dem Wagenrücksitz betrank und das Bewußtsein verlor. Doch hier und jetzt, als rauchende Bo Peep, war sie voller Energie, ironisch und sehr jung. »Dachte ich's mir doch, daß ich euch Mädels hier finde.« Sie nahm einen raschen Zug, dann ging sie weiter, manchmal steckte ihr Rock hinten immer noch im Bund der Rüschenhose. »Randi, du hast 'nen tollen Arsch«, rief ihr Sils dann mit prüfendem Blick hinterher.

Wir mußten ständig vor Herb, dem Geschäftsführer, auf der Hut sein. (Was haben all diese kleinen Kinder wohl gedacht, als sich herausstellte, daß Cinderella und Bo Peep Nikotinflecken an den Fingern haben und nach Rauch stinken? fragte mich einmal mein Mann, der in der medizinischen Forschung tätig ist. Ich zuckte bloß die Achseln. Damals war das anders, murmelte ich. Andere Zeiten. Alle rauchten. Ihre Eltern rauchten auch.)

»Ihr habt meine Schäfchen auch nicht gesehen? Ach, ich habe sie verloren und weiß nicht, wo ich sie suchen soll!« Randis Stimme verlor sich in der Ferne, während Sils und ich die Lieder summten, die wir kannten, einige hatten wir in der Schule im Mädchenchor gelernt – mittelalterliche Weihnachtslieder, einen Teil des Deutschen Requiems von Brahms, das Duett aus *Lakmé,* den Titelsong aus *The Thomas Crown Affair* (Miss Field wäre stolz auf uns!) –, andere hatten wir gerade im Radio gehört, manche lernten wir

anhand von Liederheften, viel von Jimmy Webb. Sils mochte vor allem »Didn't we«, in der Version von Dionne Warwick, und übte zu Hause die Akkorde auf der Gitarre.
»›This time we almost made our poem rhyme.‹« Sie griff in die imaginären Saiten, als webte sie Luft, den linken Arm von sich gereckt wie ein Gitarrenhals. »Yeah, yeah, yeah«, sagte ich, »und so weiter, und so fort.« Doch dann stimmte ich in den Gesang ein, hatte die Wärme des Klanges mich umgestimmt.
Ich übernahm die Altstimme. Immer war das mein Part. Ich probierte unterhalb der Melodie alles mögliche aus, um etwas zu finden, das dunkel und angenehm klang, etwas Tragendes – schmückendes Beiwerk, aber mit Tiefgang.
Danach zündete ich mir eine Zigarette an und schwieg.
»Heute morgen war ein Mädchen dabei, das ständig die Pailletten auf meinem Kleid betatscht hat, sie hat ganz entgeistert zu mir raufgestarrt, etwa so.« Sils ließ die Schultern hängen und den Kiefer sinken.
»Hast du ihr eine geklebt?« fragte ich.
»Ich hab sie windelweich geprügelt«, antwortete sie.
Ich mußte lachen. Sils auch, und als ihr tiefausgeschnittenes Oberteil leicht verrutschte, bemühte ich mich, ihr nicht auf die Brüste zu schielen; sie bewegten sich auf und ab, rückten ins Licht oder fielen in den Schatten zurück, und ich war davon fasziniert. Ich war flach, meine Brüste zwei fleischfarbene Beulen, und ich konnte es mir nicht leisten, Kleider mit Abnähern zu tragen, auch keine Nylonblusen oder dekolletierte Badeanzüge. Obwohl ich das Gegenteil behauptete, hatte ich noch nicht einmal meine Tage bekommen, dabei war ich schon fünfzehn. Die Begriffe »entwickelt« und »nicht entwickelt« erfüllten mich mit Angst und Haß. »Wenn du dich erst entwickelt hast« waren die Worte, mit denen meine Mutter gewöhn-

lich eine langatmige, peinigende Prophezeiung begann, oder die Schulkrankenschwester kam zur Aufklärung in den Biologieunterricht, und ich erstarrte auf meinem Stuhl, rührte nicht einen Muskel, versuchte zu verschwinden. Es schien mir eine traurige Wahrheit zu sein, aber außer mir war keiner bereit zu akzeptieren, daß ich mich niemals »entwickeln« würde. Allerdings versuchte ich, mich damit abzufinden: Schließlich hatte ich nicht darum gebeten, eine Mißgestalt zu sein, ich hätte mir nur Brüste gewünscht, um sie zu betrachten. Ich wollte sie hegen und pflegen, parfümieren und pudern. Aber ich mußte den Tatsachen ins Auge sehen: Ich war von Mutter Natur übergangen worden, dieser mit Blumengirlanden geschmückten Figur im weißen wallenden Kleid, die ich manchmal in den Werbespots für Margarine bewundern konnte, während sie ein Gewitter heraufbeschwor. Sie hatte mich einfach übersehen.

Und so erzählte ich auf meine Kosten lange selbstironische Busenwitze und übte mich in Vergleichen wie Spiegelei, Bügelbrett, Schlangenbiß, Mückenstich, plattgewalzte Blechdose oder überfahrenes Tier, Pfannkuchen, Brett mit Nägeln und Topflappen; für mich waren Brüste immer noch eine Kuriosität. Noch ein paar Jahre zuvor hatten Sils und ich gemeinsam jedes Pornoheft, das wir uns beschaffen konnten, eingehend studiert, oder die Anzeigen für W.-T.-Grant-Unterwäsche, selbst die Land-O-Lakes-Butter war vor uns nicht sicher, wir hatten das Indianermädchen von der Packung ausgeschnitten und deren Knie entsprechend gefalzt, damit sie wie Brüste aus einem Schlitz in ihrem Oberkörper hervorlugten. Wir lachten auf faszinierte, obszöne Weise. Wir waren von Brüsten besessen. Wir stopften Waschlappen, Teetassen, Golfbälle, Tennisbälle, Wattebäuschchen in unsere Blusen. Einmal brachten wir ihre Mutter, die schon lange geschieden war und bis spät in die Nacht als Rezeptionistin im Landmark Motel arbeitete, dazu, uns ihren Busen zu zeigen. Sie war eine nachgiebige und schuldbewußte Mutter, restlos erschöpft von ihren großen Söhnen (die lärmenden Proben mit der Band im Keller; ständig wechselnde Freundinnen; die kurzfristigen halbjährlichen Trips über die Grenze nach Kanada, um nicht doch noch eingezogen zu werden; die Spaghetti, die sie als »Windspiel« auf die Veranda hängten; die Schnappschüsse, die sie in den Kühlschrank klebten und auf denen man sah, was der Hund mit dem Müll angerichtet hatte). Sie hatte Angst, daß sie ihre kleine Tochter vernachlässigt haben könnte, um ihre Familie durchzubringen. So kam es, daß sie, als wir »Zeig uns deine Brüste, zeig uns deine Brüste!« skandierten, zu unserer Überraschung tatsächlich ihren Pullover hochschob. Sie hakte ihren Büstenhalter auf und gab den Blick auf ihre Brüste frei, verwirrt schaute sie uns an, während wir darauf starrten – sie waren von Adern durchzogen, dunkel und befremdlich.

Doch nun schien nur ich übriggeblieben zu sein. Ich war die einzige, die noch besessen war.

Die Frühlingssonne hatte Sils' Dekolleté mit Sommersprossen besprenkelt, und ihr seidiges Haar, das sie mit Bier und Apfelwein spülte, glänzte wie Weihnachtsfolie. »Ich fragte sie immer wieder, wie heißt du denn?« erzählte Sils. »Wo gehst du denn zur Schule? – du kleiner Kotzbrocken – magst du deine Lehrerin? Lauter Sachen, die eine echte Cinderella niemals sagen würde, aber das Mädchen war wie verzaubert.«

»Ohne dich zu bezaubern.« Das war die Art pedantischer Wortklauberei, in die ich nur allzugern verfiel, ein mageres, unterentwickeltes Mädchen, das durch gute Noten glänzte.

»Sie hat ständig nach dem Prinzen gefragt. Sie ist nicht *zwei*. Man sollte doch meinen, daß sie's kapiert. *Ceci n'est pas une pipe.*« Sils hatte sich alle Dias aus dem Kunstgeschichtskurs eingeprägt. »Es gibt keinen Prinzen.«

Ich rauchte die Sobranie bis zu dem giftgoldenen Filter auf. Den Rauch blies ich aus der Nase wie ein Drache. »*Was* du nicht sagst«, entgegnete ich. »Du *bist* gar nicht Cinderella?« Als Mädchen waren wir nie sonderlich geistreich, aber damals waren wir vom Gegenteil überzeugt. Wir fanden es unerhört witzig, mein oder ihr Kinn als »die Farm der glücklichen Pickel« zu bezeichnen. In einem Städtchen, wo jeder solche Ausdrücke gebrauchte wie »Jesus nee« und »shiiish«, sagten wir »fuck« – aber in einem verruchten, verschwörerischen Tonfall. »What the fuck, Babe.« Sils sagte das gern, mit einem spöttischen, rauchvernebelten Lachen. Ich sagte das gleiche. Als sie in der achten Klasse war, schlug ihre Stirn einmal aus und sie versuchte die Pickel wegzurasieren. Damals war das gar nicht lustig – ihre Stirn blutete eine Woche lang –, doch als wir lange danach Lust zum Lachen hatten, brachten wir es einfach wieder zur Sprache: »Weißt du noch, als du dir die Stirn rasiert hast? What the *fuck*, Babe«, und schon lagen wir am Boden. Wir suchten nach Geheimnissen. Wir suchten nach Geschichten und Mißgeschicken, an denen wir uns wie mit Lachgas berauschen konnten. Wir liebten diese heftigen, krampfartigen Lachanfälle, bei denen zunächst kein Laut nach außen drang, bis wir schließlich wiehernd nach Luft schnappen mußten.

Mit einer Hand zeigte sie mir erst den Finger, dann ließ sie ihre glühende Sobranie zwischen Daumen und Zeigefinger der anderen Hand baumeln. Aber sie lächelte. Sie zuckte mit den Achseln. Sie summte vor sich hin. Sie sagte »Hör zu« und stieß laut rülpsend die Kohlensäure der Fresca-

Limo wieder aus. Sie war mein Idol, und soweit ich mich erinnern konnte, war sie es immer schon gewesen. Dank ihrer Gegenwart – von Zigarettenpause zu Mittagspause zu Zigarettenpause – konnte ich die öden Tage überstehen. Wir hatten im Mai mit der Arbeit im Storyland begonnen, zunächst nur an den Wochenenden und während des Hochbetriebs am Memorial Day. Nachdem die Schule Anfang Juni aufgehört hatte, arbeiteten wir dort sechs Tage die Woche. Bis es soweit war, trafen wir uns während der Schulzeit auf dem Friedhof, um zu rauchen. Jeden Tag gönnten wir uns das, was wir das »Grabmahl« nannten. Ich kletterte über den Hügel, lief die blaue Wiese entlang, wo Alpenlein und Ehrenpreis blühten, an der zerfallenen Laube und den Birnbäumen vorbei, den Kiesweg hinunter zu dem Sumpf, der mit Holzplanken abgedeckt war, und dann wieder hinauf zu den Grabsteinen, wo Sils auf mich wartete, die aus der entgegengesetzten Richtung gekommen war. Sie wohnte in einer kleinen, eichenbestandenen Straße, die als Sackgasse in den Friedhof mündete (der dicht neben ihrem Haus lag). »Ist diese Straße vielleicht ein Symbol oder wie?« fragte Sils jeden, der zu Besuch kam. Vor allem die Jungs. Die Jungs vergötterten sie. Sils war, wie mein Mann einmal ironisch bemerkte, »oh, sicher ein *cooles* Mädchen. Hab ich recht? Einer dieser abgebrühten jungen Hüpfer aus Dingsville?« Sie konnte Noten lesen, ein bißchen malen; sie hatte große Brüder, die in einer Rockband spielten. Sie war das außergewöhnlichste Mädchen in ganz Horsehearts, wozu nicht gerade viel gehörte, aber man muß sich vor Augen führen, welche Folgen das für sie hatte. Was das für ihr Leben bedeuten konnte. Und obwohl ich sie heute aus den Augen verloren habe, wäre damals ein solcher Verlust für mich unvorstellbar gewesen. Aber immer noch spekuliere ich darüber, welche Motive in ihrem heutigen Leben von Bedeutung sind, welchen sie treu geblieben ist: die gebrochenen und abgeschmackten Songs; die verbrauchte Frische des grünen Städtchens Horsehearts; jene traurige Welt, die weder Veränderung noch Erlösung kennt.

In diesem Frühling trafen wir uns meistens am Grab von Estherina Foster, einem kleinen Mädchen, das 1932 gestorben war und dessen gelblichrosa verfärbtes Foto am Grabstein klebte. Dort rauchten wir und zitterten vor Kälte, da die Luft noch nicht mild genug war. Wir horchten die anderen Gräber ab, wir beugten uns vor und strichen uns gegenseitig das Haar aus dem Gesicht. »Moment mal, du hast da noch ein Haar.«

Hatten wir damals nur auf den Moment gewartet, Horsehearts zu verlassen, unsere Freunde, Feinde, unser stickiges Familienleben? Oft kommt mir der Gedanke, daß tief in mir drin eine Stimme sitzt, die sich endlich gespalten hat; ein Haus in meinem Herzen, von unendlich vielen Menschen erfüllt und all deren Stimmen, Freunde, denen ich mich tief verbunden glaubte, Menschen, über deren Leben ich heute nur noch Mutmaßungen anstellen kann. Ich habe den Eindruck, daß mein Ich allein aus dieser Ansammlung besteht, daß zwar jeder einzelne von ihnen für sich selbst existierte, aber auch, ohne es zu merken, zu meinem Wesen beigetragen hat und dann verschwunden ist. Aber hätte ich mich selbst etwa aus eigener Kraft erschaffen sollen, aus dem Nichts, aus purer, reiner Luft und von ganz allein?

Doch was meine ich überhaupt mit »ihnen«? Vielleicht meine ich bloß Sils. Damals hatte Sils von mir Besitz ergriffen, heute lebt sie in meiner verlorenen Jugend weiter, einem Ort, an den ich in der Nacht zurückkehren kann, in tiefem sattem Schlaf. Dann sehe ich sie vor mir, mit langen baumelnden Armen steht sie auf den Steinen im Sumpf, Steinen auf dem Friedhof, Steinen des Kieselwegs, der zum Hintereingang führte. Wie ich mich über die Jungs ärgerte, wenn sie plötzlich in Scharen anrückten. Sehr früh schon ärgerte ich mich über sie, über die ersten Anzeichen. Alles machten sie lächerlich, sie waren gemein, und an mir hatten sie gar kein Interesse. Sie steckten die Daumen in ihre Gürtelschlaufen. Mehr noch als wir waren sie von Körperlichkeit besessen, von Maßen und Makeln; sie erzählten endlose dreckige Witze mit derben Leitmotiven wie »reinstöpseln« oder »bockstark«. Sie hatten Patronengewehre und schossen damit auf die Frösche im Sumpf, ohne sie immer auf Anhieb zu töten. Sils und ich, jung und dumm, wie wir waren, brachten von zu Hause Pinzetten mit und versuchten, während wir uns einen Weg durch das Schilfrohr und die klebrigen Hülsen der Schwalbenwurz bahnten, die armen Frösche zu finden und zu retten – wir bohrten die Finger in die Wunde, holten die Kugeln heraus, dann legten wir den zappelnden, blutenden Tierchen einen Mullverband an. Die wenigsten überlebten. Meistens fanden wir die Frösche tot im wäßrigen Schlamm wieder, zwischen aufgelösten Mullbändern, die sie tragisch umgaben, wie ein in der Schlacht zu Boden gefallenes Banner. In jener Woche, in der sie als Cinderella angeheuert wurde, malte Sils ein Bild von dem, was wir in den Jahren zuvor mit den Fröschen angestellt hatten. Sie malte ein Bild in kräftigen Blau- und Grüntönen. Im Hintergrund, hinter einigen Bäumen, standen zwei kleine Mädchen, die verkleidet waren, als Heilige oder Krankenschwestern, oder Pagen, oder Prinzessinnen – ja was waren sie eigentlich? Cinderellas. Sie flüsterten miteinander. Und im Vordergrund saßen neben Felsen und Seerosen zwei verwundete Frösche, der eine hatte eine Beinschiene, der andere eine

Bandage, die über seinem Auge geknotet war: sie sahen aus wie Frösche, die man geküßt hatte, mit aller Gewalt immer wieder geküßt hatte und die trotzdem Frösche geblieben waren. Sie rahmte das Bild, hängte es in ihrem Zimmer auf und gab ihm den Titel *Wer kümmert sich jetzt um das Froschkrankenhaus?*.

Inzwischen hatte Sils schon einen Freund – einen Jungen namens Mike Suprenante, der aus dem glanzvollen, gefährlichen Albany stammte –, und das Bild gewann immer mehr an Bedeutung, es wurde größer, breiter, witziger; es konnte einfach alles bedeuten. Sie hatte Mike Ende März kennengelernt, oben am See in einer Bar, die Casino Club hieß. Wir waren zum Tanzen hingegangen. Wir hatten gefälschte Ausweise, und an den Wochenenden während des Schuljahres konnte man dort ganz gut tanzen. Manchmal tanzten wir beide miteinander – ohne Jungs und voller Trotz, die Lippen zur Parodie eines Schmollens verzogen. Unser Twist war eine höchst satirische Angelegenheit. Wir improvisierten wie wild und wirbelten uns gegenseitig herum. Dann warteten wir auf Männer, die uns einen Drink spendierten. Die Tanzfläche war groß und leicht erhöht; die Bands waren laut, lustig und leutselig; in der »Ladies Night« waren die Drinks billiger, und manchmal begegneten wir dort sogar unseren Tutoren, jung und schmuck in ihren marineblauen Jacketts. Hin und wieder forderte einer von ihnen Sils zum Tanzen auf, ohne sie auf Anhieb erkannt zu haben: wenn ihm dann mitten im Stück bewußt wurde, wer sie eigentlich war, grüßte er sie, peinlich berührt, mit einem »Hi« oder einem hilflosen Achselzucken, zuweilen zielte er auch mit einer imaginären Pistole auf Sils oder auf die eigene Schläfe.

An dem Abend, als Sils Mike kennenlernte, hatte sie eine künstliche Päonie im Haar, sie trug eine lange ärmellose

Bluse und Jeans. Alle ihre Ringe und Armreifen hatte sie über eine Hand, einen Arm gestreift, den anderen hatte sie ausgespart, nackt belassen. Ich tanzte viel. Jedesmal, wenn ein Kerl auf uns zukam, um Sils zum Tanzen aufzufordern, stellte sich Mike (ein »gutaussehender Langweiler«, wie ich ihn später bezeichnete) dazwischen, der gerade hereingeschneit war und sich schon früher am Abend vorgestellt hatte, um eine neue Runde auf den Tisch zu knallen und Sils für sich zu beanspruchen; er dirigierte sie auf die Tanzfläche zurück – er hatte sie gepachtet, »auf sie gesetzt«, und sie ließ ihn machen. Wenn schnelle Songs gespielt wurden, führte sie ihm ihren Ausdruckstanz vor: sie ließ die Hüften kreisen und hielt die Fäuste (mit und ohne Ringe) vor sich gereckt wie ein Boxer. In diesem Licht wirkte ihr Gesicht mit der langen Nase, scharfgeschnitten wie ein Diamant, und den Wangenknochen, die in unterschiedliche Richtungen strebten wie ein Kruzifix – asketisch und dramatisch. Wenn die anderen Jungs endlich an unserem Tisch angelangt waren, ihr Bier hinuntergespült und sich ausgerülpst hatten, mußten sie sich mit mir zufriedengeben. »Tja, magst *du* vielleicht tanzen?« fragten sie zögernd, als seien sie betrogen worden. Das machte mir nichts aus. Ich konnte sie verstehen. Ich trug meine weißen Ohrringe, die im Dämmerlicht der Bar leuchteten; ich hatte meine Augen mit Lidschatten umrahmt. Ich hatte meine Haare kopfüber gebürstet und dann zurückgeworfen, um eine volle, wilde Mähne zu bekommen. Ich hatte es im Spiegel des Damenklos überprüft: ich war zu dünn, und ich war eben nicht Sils. Doch war ich davon überzeugt – noch jahrelang sollte ich mich naiv an diese Überzeugung klammern –, daß wenn mich nur jemand kennenlernen würde, wirklich kennenlernen, er mich auch liebgewinnen könnte. Bei den langsamen Songs, wie »Nights in White Satin«,

erlaubte ich den Männern – Bauarbeitern, Autoverkäufern –, mich an sie zu drücken. Ich konnte ihre Bäuche spüren und den Schweißgeruch, den harten Unterleib, ihre feuchten Hemden, ihre kräftigen Arme, die mich umschlossen hielten. Manchmal ließ ich meine Hände auf ihren Hüften ruhen, schloß die Augen und preßte sie gegen eine ihrer Schultern, während wir miteinander tanzten.
»War nett«, sagten sie anschließend, sie brüllten es über den nächsten Song der Band hinweg.
»Danke«, sagte ich dann. »Vielen Dank.« Ich dankte ihnen jedesmal. Ich war dankbar und teilte es ihnen gerne mit.
»Wie kommen wir jetzt nach Hause?« brüllte ich Sils ins Ohr – die ewig gleiche Frage, wenn wir abends ausgingen. Ich durfte bei ihr übernachten, das war einer der Tricks, die ich ersonnen hatte, um so spät noch ausbleiben zu können. Sils' Mutter hatte Nachtdienst im Motel, und ihre Brüder waren entweder mit irgendwelchen Freundinnen zugange oder wieder einmal in Kanada, das konnte Sils inzwischen nicht mehr mit Bestimmtheit sagen. Sie sah mich verwirrt an, zuckte mit den Achseln und zeigte verstohlen auf Mike. Er wippte mit dem Fuß, rauchte eine Zigarette und sah der Band zu, aber den Arm hatte er um ihren Stuhl gelegt.
Warum hatte ich überhaupt gefragt? Ich konnte mich jederzeit auf Sils verlassen; Sils war die Lösung; Sils war die Möglichkeit, nach Hause gebracht zu werden, immer.
Mike besaß zwar nur ein Motorrad, aber er borgte sich das Auto eines Freundes. Er fuhr langsam, um diese Gelegenheit auszukosten, immer wieder schaute er Sils an, die neben ihm auf dem Beifahrersitz saß, und stellte ihr ständig Fragen der Art »Wie kommt's, daß du so schön bist?«. Sie sagte dann »mach mal halblang« und lachte. Ich saß stumm auf der Rückbank und sah aus dem Fenster, betrachtete die

nächtlichen Bäume und dunklen Häuser, die an uns vorbeitrieben wie Boote.
Mike fuhr das Ende ihrer Straße an, genau bis in den Friedhofseingang, ich stieg aus und wartete. Ich entfernte mich ein paar Schritte vom Wagen, damit sie sich küssen konnten. Ich dachte, ich würde für so manches eine Menge Geduld aufbringen. Ich sprang über den niedrigen Zaun und ging ein wenig am Rand des Friedhofs umher, doch als ich mich dann umschaute, waren die beiden immer noch im Wagen und küßten sich, also ging ich weiter. Ich lief zum Grab der kleinen Estherina Foster und setzte mich im Dunkeln zu ihr. Ich horchte nach einer Stimme, die vielleicht die ihre war, nach einem Flüstern oder Piepen, aber es war nichts zu hören. Ich spielte an einer langstieligen Plastikrose herum, die zertrampelt auf dem schlammigen Boden lag. Ich säuberte sie und schwang sie hin und her, zeichnete damit Worte in die Luft – meinen eigenen Namen, Sils' Namen, Estherinas Namen. Es fielen mir keine anderen Namen ein. Ich schrieb *Happy Birthday, Fuck You* und *Peace.* Dann warf ich die Blume weit von mir, in die Schattenwelt. Wie still nachts alles war, die kahlen Bäume ragten unheimlich in den Himmel, die Zweige schienen nach etwas zu greifen, das sie festhalten und verzehren konnten – womöglich tote, kandierte Sterne! Der Boden war kalt, mit Blättern bedeckt; der nahe gelegene Sumpf taute allmählich auf und gab seinen fauligen Geruch frei. Im Mondlicht erschien der Himmel stürmisch, strahlend und marmoriert wie das Meer. Ich wußte, einsame Menschen, Gefangene, Menschen vom Land, sie alle blickten zum Himmel auf. Irgendwie wies dieser Himmel den Weg in die Freiheit, aber er war auch der unbewegte, beständige Zeuge jeder Entscheidung, des Vorher und Nachher – er war Zeuge allen Sterbens, das die

Menschen in andere Welten beförderte –, und so waren die Menschen geneigt, zu ihm zu sprechen. Ich wandte mich ab, blieb sitzen, legte die Arme um die Beine und zog die Jacke enger um mich. Ich nahm die Ohrringe ab und stopfte sie in die Tasche, die kühle Luft war merkwürdig still und pilzig. Ich fragte mich, ob ich mich wohl jemals in einen Jungen verlieben würde. Würde ich? Warum eigentlich nicht? Weshalb nicht? Hier und jetzt bettelte ich und bekniete den Himmel und die Bäume – ich schwor es auf dem Grab von Estherina Foster –, daß ich mich verlieben würde. Aber nicht in einen Jungen wie Mike. Keinen von der Sorte. Mein Junge wäre sehr weit weg – und eines Tages würde ich mich aufmachen, um ihn zu finden. Auf einmal wäre er da. Und ich würde ihn lieben. Und er würde mich lieben. Und wir würden einfach zusammenbleiben, einander lieben, an jenem Ort, wo immer er sich auch befinden mochte. Ich hatte ein ganzes Leben vor mir. Ich hatte Geduld und Vertrauen und den Kopf voller Songs.

»Wo warst du denn?« fragte Sils. Sie und Mike waren inzwischen ausgestiegen und lehnten lasziv am Auto.

»Spazieren.«

Mike wandte sich Sils zu. »Ich muß den Wagen zurückbringen.«

»Bye«, sagte sie.

Wieder küßte er sie, vor meinen Augen. »Ich ruf dich morgen an«, sagte er. Er stieg in den Wagen und wendete in drei Zügen – das hatte ich in der Fahrschule auch geübt –, dann brauste er davon.

In der Küche machten wir uns einen schnellen nächtlichen Imbiß: Salzkräcker und heiße Bosco-Schokolade.

Wir tunkten die Kräcker in den Kakao, bis sie ganz aufgeweicht waren und darin herumschwammen wie Schleim in einem Teich.

»In der dritten Klasse«, erzählte Sils, »als ich mal nicht zur Schule gehen wollte, habe ich eine Handvoll Kräcker gekaut, ohne sie zu schlucken, bin ächzend die Treppe hinaufgestiegen und hab sie meiner Mutter vor die Füße gespuckt.«
»Wie reizend!« sagte ich, und wir kicherten müde.
»Es hat geklappt.« Ihr Blick war verträumt, während sie mit dem Löffel die Kräcker in ihrer Tasse ertränkte.
»Raffiniert«, war mein Kommentar. Ich hoffte, sie würde den Blick von ihrem Getränk abwenden, mich ansehen, weitersprechen. Doch sie tat es nicht.
Später, als wir uns auf den Decken ihres Bettes breitgemacht hatten, eigentlich nur eine Matratze auf dem Fußboden, gab Sils einen langen, zufriedenen Seufzer von sich. Ich lag am Fußende, in meinem Schlafsack zusammengerollt, im schummrigen Licht der kleinen Lampe, die sie stets anließ, wenn ich da war, und betrachtete sie, fing bei den Füßen an: dem gummiartigen blauen Knoten, den die Adern auf ihrem Fußrücken bildeten, den Sehnen, die sich wie ein Fächer verzweigten, dem farblosen Schimmer der Nägel, mattglänzend und verschwommen wie Perlmutt. Selbst die kleinsten Details an ihr weckten mein Interesse. Sie bemerkte meinen Blick.
»Deine Zehen sind klasse«, sagte ich.
Sie bog einen hoch. »Hab ich dir das eigentlich schon gezeigt?«
»Was denn?«
Sie unterzog ihren Fuß einer minutiösen Betrachtung. »In meinen Zehennägeln kannst du Geheimagenten entdekken, Napoleon Solo und Illya Kurakin.«
»Was ist das für ein Quatsch?« Ich kuschelte mich noch tiefer in meinen Schlafsack und tat so, als würde ich sie auslachen.

»Im Ernst«, sagte sie. »Du kannst ihre Gesichter erkennen.« Sie ließ den Fuß wieder sinken. »Morgen zeig ich's dir.« Sie seufzte ein weiteres Mal, ich war mir sicher, daß sie dabei an Mike dachte. »Danke, Berie«, sagte sie.

»Wofür?«

»Für was auch immer.« Sie schlief sofort ein, und ich betrachtete noch eine Weile meinen Schatten, der im Dämmerlicht an der Wand zu sehen war, ein klobiger Gebirgszug, der Gipfel emporragen und sie wieder zu Geröll und Lawinen einstürzen ließ, endlos, rastlos, bis schließlich der Schlaf dazwischentrat.

Wenn ich Sils zu Hause besuchen ging, hatte sie meistens die Seitentür aufgeschlossen, und in der Küche erwartete mich ein Salat oder ein Hüttenkäsesandwich. Ein Salat! Ein Hüttenkäsesandwich! Wie eigenartig, ausgerechnet das in der Erinnerung heraufzubeschwören, Gurkenscheibchen und Selleriestreifen, als wären sie von einer Hausfrau für den Ehemann angerichtet worden; oder der Käse, süßlich und triefend vor Mayonnaise. Ich nahm es, aß es, dann ging ich nach oben in ihr Zimmer und setzte mich neben sie, klimperte mit ihr auf der Gitarre, sang die Begleitstimme zu Folksongs wie »Geordie« oder »The Water Is Wide I Cannot Get O'er«; bei den Mollseptakkorden fühlte ich mich sang- und klanglos untergehen, denn ihre traurige Unbestimmtheit rief in mir etwas Verlorenes, Zerbrochenes wach, wie konnte das sein, ich war ja erst fünfzehn. Und doch war etwas Tieftrauriges in mir entstanden und verborgen, das sich hin und wieder in meinem Inneren regte wie ein Wesen, das sich im Schlaf bewegt. Oft konzentrierte ich mich unwillkürlich auf das Froschgemälde, trat mit dem Blick hinein, als wäre es die surreale Darstellung eines realen Märchens, oder ein Geheimgang, der zu einem weiteren Geheimgang führte. Zunächst ein Witz, dann ein geheimer Witz, endlich ein Geheimnis. Als wir jünger waren, hatten Sils und ich immer gemeinsam nach Höhlen gesucht oder nach einem kleinen, noch unentdeckten Teich, auf dem Enten umherschwammen. Wir gingen zum Grand-Union-Markt und feuerten die Krebse an, denen es gelang, sich von ihren Gummifesseln zu befreien. Aus drei aufgespannten Regenschirmen bauten wir ein offenes Zelt, verkrochen uns darin und spielten Karten. Wir liefen meilenweit in Richtung Müllhalde, um Bären zu sehen. Als wir zwölf waren, radelten wir zum Head Shop und kauften Glyzinenräucherstäbchen. Oder wir gingen in die Innenstadt zum Orpheum, behaupteten sechzehn zu sein und schauten uns Filme an, manchmal auch ausländische, die nicht jugendfrei, für uns faszinierend und verwirrend waren. Dazu aßen wir Pfefferminzdrops und Popcorn; jedes Bonbon lag wie ein süßes Kissen auf der Zunge; jedes aufgeplatzte Maiskorn war so groß und komplex wie die Blüte eines Trompetenbaums. Wagemutig kosteten wir sogar vom Blaubeerpunsch, dessen Farbe an Windex erinnerte und der wie eine Art Naturphänomen an den Seiten des Kühlbehälters emporspritzte; außer uns habe noch niemand in der Stadt je davon getrunken, sagte der Mann hinter dem Tresen jedesmal. Um ihn hinunterzuspülen, holten wir uns Wasser von dem Trinkbrunnen im Foyer. Dann nahmen wir im dunklen Saal Platz, auf der linken Seite, um den Film aus der Schrägen zu sehen, die Augen bereitgeschält für die Aufnahme nackten Fleisches. Als wir dreizehn waren, lungerten wir im W.T. Grant's herum, gönnten uns BHs und Eiskremesundaes und streiften Herrenpullis über, die, wenn wir sie in der Schule anhatten, formlos herunterhingen, deren Bündchen uns verzogen und ausgeleiert um die Knie schlotterten: das war unser

Look. Mit vierzehn behaupteten wir jeweils, bei der anderen zu schlafen, um die Nacht über auszubleiben, wir gingen zu den Bahngleisen und tranken aus alten Mayonnaisegläsern Schnaps, den wir aus dem Vorrat unserer Eltern organisiert hatten. Danach schliefen wir im Familienwohnwagen, der in der Einfahrt stand, wachten früh wieder auf und holten uns im Morgengrauen Doughnuts bei Donna's Donuts, wenn die normalen und auch die glasierten noch weich und warm waren.

Doch ich war zunehmend auf mich gestellt und überlegte, wie es wohl jetzt für Sils mit ihrem Freund Mike sein mochte, was sie miteinander unternahmen, wie all diese Dinge waren, über die ich nicht einmal genug wußte, um Fragen zu stellen, und ich überlegte, ob ich ihr jetzt, da sie weiter vorangeschritten war als ich, weniger bedeutete.

In gewisser Hinsicht war meine Kindheit ein Akt des Verschwendens, verträumtes Umherwandern im Wald und verbotenes Erkunden der Abwasserrohre aus Beton, auf allen vieren kriechend, angenehm auch, das Haus hin und wieder für sich zu haben (alle anderen weg, *eine Stunde lang*!), ich kaute genüßlich Papierfetzen oder versteckte mich am Nachmittag unter Bettdecken, um so einen neuen Ort zu schaffen, einen neuen Raum, den es in diesem Bett so noch nie zuvor gegeben hatte, eine Art Generalprobe für die Liebe. Vielleicht blieb einem in Horsehearts – die Stadt war nach einer alten Schlacht benannt, einer Schlacht voller hingemetzelter Pferde, deren Kadaver den Dorfteich mit Blut gefüllt hatten und deren Herzen angeblich auf dem Miller Hill begraben waren, knapp außerhalb im Süden – nichts anderes übrig, als die Wartezeit mit Illusionen zu überbrücken. Meine Kindheit kannte keine Kohärenz; es gab nur Luft und Luftmangel: Warten auf ein bewegtes Leben, einen ausgewachsenen Körper, ein uner-

schütterliches Selbstvertrauen. Noch gab es keine Geschichten, keine Ideen, noch nicht wirklich. Nur Fundsachen, anderswo ausgegraben und später dann aufgestellt, um den Gedanken auf die Sprünge zu helfen. Damals aber war alles fließend, wie ein Song – nichts Besonderes. Nur ein wenig Raum, der von ein paar Leuten bevölkert wurde.
Und doch ist es immer möglich, eine Geschichte zu erzählen.

Man kann einen Start wagen, die Geschichte beginnen, sie zu Ende und damit hinter sich bringen.
Bestimmte Dinge, das weiß ich, erstarren und verlagern sich in der Erinnerung, ihre ursprüngliche Gestalt ist unwiederbringlich verloren. Wie wenn eine Armee ein Land erobert. Oder wenn ein sommerlicher Garten vom Herbst und seinen giftigen Blättern scharlachrot eingefärbt wird. Um vergangene Jahre wieder zum Leben zu erwekken, benötigt man vor allem Schwarze Magie – buhlerische Künste, Collage und Hexentrank, Molchauge, Pferdeherz. Und doch ist das Haus meiner Kindheit in meinem Gedächtnis eingraviert, es kommt einer Geistesform gleich: ein Geist, der die Form eines Hauses angenommen hat – warum eigentlich nicht? Aus einem solchen Geist habe ich mich hinausgewagt, um wilde Abenteuer zu erleben oder Romanzen, oder um in die Ferne zu schweifen, nach ihr zu greifen. Doch nahm dieser Geist jede keimende Tat wieder in sich auf. Zwar schwebte ich über ihm, aber auch ganz dicht bei ihm, wie eine Figur von Chagall.
Bevor wir das Haus renoviert hatten, gab es dort nur ein einziges Badezimmer für die ganze Familie; wenn ich mal dringend mußte, kam es oft vor, daß bereits drei andere Kinder vor der Tür Schlange standen. Im Flur war ein Spiegel, und während wir die Hände zwischen die Beine

preßten und von einem Bein auf das andere hüpften, konnten wir uns zugleich im Auge behalten, in der Hoffnung, vor lauter Not nicht platzen zu müssen. Für drei Kinder standen nur zwei Schlafzimmer zur Verfügung – das gelbe Zimmer und das blaue Zimmer. Eine Zeitlang wechselten meine Pflegeschwester LaRoue, mein Bruder Claude (in Horsehearts sagte man *Clod*) und ich uns beim Teilen ab. Da LaRoue zunächst zusammen mit einem anderen Pflegekind in unser Haus gekommen war, das inzwischen nicht mehr bei uns lebte – ein träges, stilles kleines Mädchen namens Nancy, das von seiner eigenen Mutter mißhandelt worden war und geistige Schäden davongetragen hatte –, teilten sich die beiden ein Zimmer, bis Nancy wieder ging und LaRoue das Zimmer für sich allein behielt. Ich glaube, ich habe nie erfahren, warum oder wohin Nancy gegangen war; unser Haus wurde ständig von fremden Leuten bewohnt, die alle auf Feldbetten kampierten. Deswegen hatte ich schon früh nach Sils gesucht, mit neun hatte ich sie gefunden, in meiner unmittelbaren Nähe, nach mir war sie die nächste im Alphabet, unter den C, da fand ich sie und schloß mich ihr an.

Eines Tages im Mai kam ein Fremder zu uns, er nahm Nancy mit und ging wieder weg. Es jagte mir Angst ein, daß das so ohne weiteres geschehen konnte. Daß jemand einfach kommen und einen mitnehmen und wieder weggehen konnte.

LaRoue hingegen blieb, sie bekam ihr eigenes Zimmer – das blaue mit den tiefen weißen Fensterbänken – und nannte meine Mutter »Mom«. Ich war drei Jahre jünger als sie, wenn auch nur eine Klasse unter ihr, und ich teilte das größere gelbe Zimmer mit meinem Bruder Claude; ich war bloß ein Jahr älter, und wir standen uns sehr nahe. Claude und ich waren »Kojen-Kumpel«, ein Ausdruck, den ich im Lauf meines späteren Lebens scherzhaft auf Liebhaber anwendete, ironisch, mit bittersüßem Beiklang, in jenen Nächten, die ich zwar mit einem Mann verbrachte, aber ohne Sex, weil ich zu müde war, mein Körper, ein einfältiger Hund, zu erschöpft für die Liebe, nachdem er die ganze Woche Jagd darauf gemacht hatte, jetzt wollte er nur noch schlafen, sein Herz sollte neben einem anderen schlagen, aber nahe, wie bei einem Bruder, wie bei Claude. »Kojen-Kumpel: wir könnten Kojen-Kumpel sein.«

Tatsächlich schliefen mein Bruder und ich in einem Etagenbett, mal schlief er oben, mal ich, vermutlich wegen der Gerechtigkeit. Obwohl das Haus von strengen Schlafenszeiten und anderen Vorschriften geprägt war, die mit Magneten der Bryson-Papiermühle, kleinen Pinienbäumen mit dem goldenen BPM-Schriftzug, an den Kühlschrank geheftet waren, standen wir Kinder eigentlich kaum unter Aufsicht. Wir fanden immer einen Weg, das zu tun, was wir wollten, auch wenn wir große Angst vor dem Moment hatten, in dem unsere Eltern (so sagte man uns, so dachten wir) nachts hereinschauen würden, bevor sie zu Bett gingen. Nie waren wir wach, wenn dieser Moment kam, doch wußten wir davon, mit religiöser Inbrunst glaubten wir daran, und wenn man uns an einem grillenzirpenden Sommerabend wieder einmal zu früh ins Bett geschickt hatte, bereiteten wir uns darauf vor wie auf das Jüngste Gericht. Wir machten eine Art Skulpturenwettbewerb daraus und nahmen auf unseren Betten die schwierigsten Posen ein – auf einem Bein, den Kopf aus dem Bett hängend, die Arme hoch erhoben, Mund, Zähne und Augäpfel zu verdutzten Grimassen arrangiert. »Da wird Mom aber staunen«, sagten wir uns oder »das wird Dad den Rest geben«, und dann versuchten wir in diesen Positionen einzuschlafen. Am nächsten Morgen wachten wir in ganz gewöhnlicher Lage wieder auf, ohne uns je erinnern zu können, ob wir nun einen Blick auf ein Elternteil erhascht hatten oder nicht oder wie wir schließlich in dieser normaleren Position eingeschlafen waren.

Claude war mein erster Spielgefährte, vor Sils, und wir waren einander die besten Freunde, Kojen-Kumpel, kindliches Brautpaar, bis ich neun war und er acht und wir getrennt wurden – in gewisser Hinsicht für den Rest unseres Lebens. Wir waren zu alt; es schickte sich nicht länger für Bruder und Schwester, ein Zimmer zu teilen. Das Haus wurde renoviert, und jedes Kind bekam ein eigenes Zimmer – meins war im Erdgeschoß, isoliert, weit weg von dem Flur im ersten Stock. Seins war oben.

Bald danach freundete sich Claude mit einem Jungen an, der in unsere Straße gezogen war, Billy Rickey. Ich trieb mich herum, hielt die Augen offen und stieß auf Sils, und damit hatte es sich. Claude und ich sahen uns nie mehr, nicht im eigentlichen Sinn. Wenn wir uns in der Schule im Flur über den Weg liefen, uns beim Abendessen gegenübersaßen, uns Jahre später dann in den Ferien trafen sowie bei Hochzeiten und Begräbnissen, konnten wir den anderen nicht mehr richtig einschätzen. Es war, als ob einem von uns Schwimmflossen oder Federn gewachsen wären oder an den Seiten seltsame Streifen, mit einemmal war nicht mehr klar, zu welcher Gattung wir gehörten.

Und doch habe zumindest ich ihn stets als meine erste Liebe angesehen, als meinen kindlichen Bräutigam; in einer umtriebigen Familie, die in fremden Zungen sprach, war es wichtig, in gewisser Weise verheiratet zu sein, verbündet. So bin ich, war ich eine Weile verheiratet gewesen, mit Claude.

LaRoue war diejenige, die allein blieb. Als kleine Kinder waren Claude und ich unzertrennlich, beim Schlafen und

Spielen waren wir eins – wir kamen uns näher, als es selbst Erwachsene können –, in unseren Augen waren die Eltern ein strenges, distanziertes Herrscherpaar und LaRoue ein älterer, verstörter Eindringling, ein Gast, eine Leihtochter, die aus christlicher Nächstenliebe toleriert werden mußte. In unserer Familie wurde beim Abendessen aus der Bibel gelesen, mein Vater arbeitete sich Kapitel für Kapitel durch die Evangelien, die Apostelgeschichte, die Briefe von Paulus an Timotheus (dabei stellte ich mir immer Paul Zabrowski in der Schule vor und seinen unerträglichen Freund Timothy Wilson), durch den ersten Johannesbrief, den zweiten, den dritten, bis er schließlich zu der Offenbarung gelangte (»Der Engel in der Kirche in Philadelphia ...« *Philadelphia?* Tante Mimi lebte in Philadelphia!), all die langen, seltsamen Verse, während wir dabei zusehen konnten, wie unser Essen kalt wurde. So lernten wir, Verzicht zu üben.

(»Auch bei uns wurde beim Abendessen die Bibel gelesen«, erzählte mein Mann, als wir bei unserer ersten Verabredung Geschichten austauschten. Er war Jude, Sozialist, Halbungar.

»Wirklich?« fragte ich.

»Klar«, sagte er lächelnd. »Nur daß wir dabei immer höchst sarkastisch waren.« Ich lachte laut und quietschend wie eine Hupe. Wir brauchten den Witz, das Spiel. Wir waren nervös und unsicher. »Interessant dabei ist auch«, sagte er, mittlerweile geradezu verwegen, »daß wir Ihn, den die meisten Leute Gott nannten – na ja, wir nannten Ihn ›Fuckhead‹.« Daniel schlug sich auf die Brust. »Eine ganze Nation – Fuckhead verschrieben.«

Ich sackte zur Seite, hysterisch vor Lachen, dann versuchte ich, mich wieder aufzurichten, tastete nach meiner Serviette, da unser grimmiger Kellner näher trat.

»Wie auch immer«, sagte ich und bot weitere Oxymora feil.
»Bibellektüre und Peruaner auf Feldbetten. Das war mein ›Familienleben‹. Wie es auch immer sei.«
»Ist«, fügte ich unsicher hinzu.)
LaRoue war für uns nur als sanft geduldeter einsamer Gast vorhanden. Sie war fett, wir dagegen mager, sie war blond, wir aber dunkel. Über unsere Stirn furchte sich das dichte Fell der Augenbrauen, irgendein Erbteil des Pelzhandels in Quebec. Ihre waren blaß und spärlich, wie eine schwächliche Kornähre. Sie war älter als wir, hielt sich von uns fern, sie war ständig niedergeschlagen und kränkelte, aber unsere Eltern verloren kein Wort der Erklärung. Claude und ich hatten eine Sonderabmachung getroffen. Wenn die anderen nicht da waren, durchsuchten wir ihre Zimmer. Wir kamen früh aus der Schule zurück, unser Vater arbeitete noch bei BPM in der Innenstadt – oder »Binnenstadt«, wie wir es nannten; in der Papierfabrik war er für die Forstverwaltung zuständig. Unsere Mutter wohnte wieder einmal einer Ausschußsitzung des Frauenvereins »Zur Verschönerung von Horsehearts« bei – gemeinsam mit Hilma Johnston, Thelma LaRose, Betty Dreiser und Lou-Anne Gerard notierte sie eifrig Details über Petunien und Ulmen.
LaRoue war nach der Schule meistens im Reitclub.
Und so konnten Claude und ich über die Schwellen treten und alles erkunden: die Hosen meines Vaters, die verkehrt herum an der obersten Kommodenschublade hingen; seine alten hölzernen Schuhlöffel, die marionettengleich auf dem Schrankboden lagen. Die Schubladen meiner Mutter, voller Duftsäckchen und Hüfthalter, und in dem Durcheinander auf ihrer Frisierkommode die leuchtend korallenroten Lippenstifte und die Eau-de-Cologne-Fläschchen

von Avon sowie die alten vergilbten Fotos aus der Collegezeit, die sie als Siegerin eines Wettbewerbs um die schönsten Fesseln zeigte. So informierten wir uns über unsere Eltern; wir waren echte und erfolgreiche Spione, denn unsere Eltern konnten über uns kaum etwas in Erfahrung bringen, wie wir glaubten, und sie legten auch gar keinen Wert darauf, was damals in größeren Familien oft der Fall war. Mein Vater konnte mich in einer Gruppe nicht einmal wiedererkennen, es gelang ihm nicht, mich auf dem alljährlichen Klassenfoto auszumachen – »Dad, das bin ich nicht, das ist Cynthia Odekerk!« –, nie erkannte er uns, wenn er auf dem Weg zur Arbeit an der Gruppe von Kindern vorbeikam, in der wir gerade zur Schule oder wieder nach Hause gingen. »Wer?« – »Cynthia Odekerk!« Gedankenverloren und ohne Hut ging er weiter durch das Dorf zum Fluß hinunter, wo die Papiermühle war – »Hallo, Hallo«, riefen wir ihm zu, und er winkte unbeteiligt unserer Gruppe zu, ohne mit den schweren Schritten in seinen dicken Schuhen innezuhalten, er blickte nicht einmal richtig auf. »Das ist doch dein Vater«, sagte ein Freund. Oder »Ist das *dein* Vater?«, genauso verblüfft wie wir.

Ich nehme an, wir fühlten uns durch seine Mißachtung weniger schikaniert als durch seine Aufmerksamkeit, die sich in der Regel in Zurechtweisungen ausdrückte, wenn wir bei einem Brahms-Klavierintermezzo die falsche Taste erwischten. »Aua!« brüllte er dann. »Cis, Cis, Cis!«

Wenn wir weinten, sagte er streng: »Mach die Schleusen dicht.«

Auf ruhigere Gespräche mit uns ließ er sich ein, wenn es um das Kreuzworträtsel ging, das er gerade löste; er rief uns in sein Arbeitszimmer, wenn er den Namen einer Fernsehserie brauchte, die er nie gesehen hatte. Kaum hatte man ihm den Namen genannt, war man wieder Luft für ihn, er wandte sich dem Kreuzworträtsel zu und ließ einen stehen, während man ein wenig von der Serie erzählte, den verschiedenen Figuren, was ihnen widerfahren war und wohl noch alles widerfahren könnte. Man stand da und sprach ins Leere.

Dennoch vergötterten wir ihn. Wenn er uns auch nicht kannte, nicht liebte, nicht einmal erkannte, so lag es zumindest nicht daran, daß er seine Aufmerksamkeit anderen Kindern schenkte. Was seine Zuneigung betraf, hatten wir keine Rivalen, abgesehen vielleicht von Brahms, Dvořák, dem täglichen Kreuzworträtsel und unserer Mutter – und auch sie nur selten. Auf seine unnahbare Weise gehörte unser Vater in erster Linie zu uns. Verborgen in den langen Schatten seiner Vernachlässigung, bauten wir uns eine Persönlichkeit auf, unauffällig bastelten wir an unseren eigenen Regeln, wie es in Amerika viele Kinder taten, in jenen vaterlosen Fünfzigern und Sechzigern. Vermutlich war das der Grund, warum die Kinder dieser Zeit später, als Erwachsene, für ihre Eltern so ein Schock waren.

Natürlich, zwangsläufig blieb ein Teil von uns gefügig, schwach und verschüchtert, da wir ihn, den Vater, seine Aufmerksamkeit, nie wirklich für uns in Anspruch nehmen konnten, auch wenn wir uns noch so sehr in dem Glauben wiegten, diesen Mangel geschickt ausgeglichen zu haben. Doch waren dies Fehlentwicklungen oder Unzulänglichkeiten, die sich eher im Erwachsenenalter bemerkbar machten als während der Kindheit, als wir meistens aufmüpfig und kampflustig waren; da konnten wir uns mit Grimassen behelfen, mit Hohngelächter und obszönen Handzeichen, wir rollten die Augen und kreuzten die Finger, wenn ein Erwachsener sprach. Später aber sollte ich noch jahrelang jede tiefempfundene und wohlbegründete Meinung, die ich hegen mochte, oder das Ergebnis wochenlanger Recherchen, die ich auf eigene Faust angestellt hatte, als »nicht weiter von Belang« abtun.

Cis! Cis! Cis!

In der Öffentlichkeit gab mein erwachsener Bruder sein Ich, um das er mit wilder Entschlossenheit gerungen hatte, plötzlich auf, er ließ sich verunsichern, nahm sich unablässig zurück, entschuldigte sich in einem fort. Unwillkürlich waren wir von jenen ursprünglich in verspielten Nächten so selbstbewußt entworfenen Plänen in ganz gewöhnliche, passive Verhaltensmuster zurückgefallen, rätselhafterweise und innerhalb kürzester Zeit. Und doch glaubten wir weiterhin, jederzeit wieder an das andere anknüpfen zu können, an Hieronymus Bosch, die kunstvollen Verschlingungen, die Zappa-Arabesken, darauf wartend, daß jemand auftauchte, der endlich erkannte, wer wir wirklich waren.

Cis!

Unser Vater war ohne Zweifel eine beeindruckende Persönlichkeit, ein Einzelgänger und Autokrat. Er war in einer Familie von Cellisten groß geworden, von Germanophilen, und war 1930 sogar in Deutschland gewesen, mit zehn Jahren; in einem Hotelfoyer hatte er Hitler gesehen und war wie geblendet. Doch als all der Glanz und die prächtige Musik im Lauf der Geschichte so unrühmlich verklungen waren, zog er sich mit seinen Leidenschaften zurück, wurde Baptist, hörte sich mit Hingabe Symphonien an und versuchte, sich die Namen seiner Kinder zu merken. Wir liebten ihn, auf jene unerklärliche, überhebliche Weise, die Kindern eigen ist: er war der größte und klügste Vater in ganz Horsehearts – das wurde allgemein anerkannt –, und damals schien das das Höchste zu sein, was wir oder jedes andere Kind von einem Vater erwarten konnten. Wir eiferten unserer Mutter nach, die ihn so sehr bewunderte,

daß sie sich selbst darüber vergaß; man habe ihr »beigebracht, mit Männern so umzugehen«, wie sie schließlich selbst einmal erklärte. Doch wir haben als Kinder dasselbe getan. Noch heute kann ich mich selbst manchmal buchstäblich zu Tränen rühren – wie ein Kind, das eine Ohnmacht vortäuscht –, wenn ich daran zurückdenke, wie sehr ich mir seine Zuneigung wünschte. Doch jeder Erwachsene kann sich in den Zustand versetzen, wie ein Baby nach der Liebe zu schreien, die er sich als Kind so sehnlich gewünscht, nach der er gesucht hatte und die er nie bekommen sollte, obwohl er sich dafür selbst verleugnet hätte. Einmal bin ich achtzig Blocks lang mit einem Taxifahrer unterwegs gewesen, der unablässig wiederholte: »Und nie hat er mich *umarmt,* und nie hat er mich *geküßt*«, bis er an der Achten Straße zu weinen begann und ich einfach aussteigen mußte. Es war nicht zu ertragen.
Mit neunzehn überreichte ich meinem Vater einmal eine Vatertagskarte, die eigentlich für Onkel und Nachbarn gedacht war. »Du bist wie ein Vater zu mir gewesen« stand darauf. Die Distanz, die er zu uns hatte, war mittlerweile zu einer Art Familienwitz geworden, aber er starrte auf die Karte, schockiert, und bekam kein Wort heraus; ich weiß nicht, was ich mir dabei gedacht hatte – daß er ebenfalls lachen würde? –, ich weiß es nicht, aber der schmerzliche Ausdruck, der auf seinem Gesicht erschien, bestürzte, verwirrte mich, ließ mich noch einmal losziehen, um eine gestreifte Krawatte zu kaufen sowie eine andere Karte: eine mit geschmacklosem Glitzerkram und dem Wort »Dad« in großen Buchstaben.
Jahre später wurde ich allerdings zornig; als ich alles, was er gesagt und getan hatte, Revue passieren ließ, begann ich voller Bitterkeit, in ihm eine Art Nazi zu sehen. Damals studierte ich Geschichte. Als ich dann einen Juden heirate-

te, vermutete ich, daß mein Vater sich in vagen, dunklen Andeutungen ergehen würde, aber das tat er nicht. Er war höflich und förmlich, gar nicht uncharmant. Als mein Mann ihn kennenlernte und zum erstenmal mit seiner hoch aufragenden Gestalt konfrontiert wurde, jener Mischung aus Fred MacMurray, Fred Gwynne, Fred Astaire – alle Freds –, flüsterte er mir erschrocken zu: »Dein Vater ist so ein richtiger *Vater.* Ein *Über*vater. Die Mutter aller Väter.«

»Ja«, sagte ich lächelnd. »Die Mutter aller Väter.«

Sils war in ihren Freund Mike gar nicht richtig verliebt, da war ich mir sicher. Das spürte ich. Er zehrte an ihren Kräften. Man brauchte sie nur zusammen zu sehen: er mit seinem breiten Grinsen und seiner sprühenden Lebenslust, immer auf dem Sprung, wie ein Irish Setter, ein lauernder Hund, strahlend vor überschüssiger Energie, und sie, erschöpft von der letzten Nacht, ein wenig verbraucht, unfähig, mit diesem Neunzehnjährigen Schritt zu halten und seinem Apartment, seinem heulenden Motorrad, seinen Plänen. Kurz nachdem er Sils kennengelernt hatte, war er von Albany nach Horsehearts gezogen, um in ihrer Nähe zu sein. Er war im Autobahnbau beschäftigt, und die Autobahnbaustelle war ebenfalls nach Norden gerückt. In der taukühlen grünen Morgenluft, wenn die Feuchtigkeit gerade die ersten Sonnenstrahlen auffing und es heiß zu werden versprach, brachte er sie zur Arbeit, und am Haupteingang vom Storyland stieg sie von seiner Harley; man sah ihr deutlich an, wie sie versuchte, sich wieder an den Tag, an das Licht anzupassen, eine Cinderella unter verkehrten Vorzeichen. Wenn jemand anders zugegen war und sie beobachtete, hatte sie eine bestimmte Art, die Augenbrauen hochzuziehen und mit dem Finger auf Mike zu zeigen, während er sprach; kaum sah er sie an, nahm ihr Gesicht im Handumdrehen wieder seinen gewohnten Ausdruck an. Oder auch nicht. Manchmal erhaschte er noch den Übergang, einen wilden Vogel, der in ihrer Kehle verschwunden war, den sie in panischer Eile hinuntergewürgt hatte, um Mike Kummer zu ersparen, und so starrte er sie verständnislos an.

»Was?« sagte er dann. Damit verlangte er eine Erklärung.

»Ja, was: was meinst du eigentlich, ›Was?‹.« Anschließend blickte sie zu mir oder ihrem jeweiligen Publikum und lächelte. Ihr Lächeln war süß, und das Ganze endete meistens damit, daß sie ihn küßte. Ein wenig schnuppernd. Sie war noch auf der High-School und wußte noch nicht viel über Sex. Diese ganzen Geheimnisse berauschten sie. Sie befand sich plötzlich in anderen Gefilden, ihr Lächeln war verstört, ihre Haare zerzaust.

»Wie fühlst du dich?« fragte ich sie auf dem Weg zum Personaleingang und klopfte ihr leicht auf die Schulter.

»Du magst doch immer noch mitkommen, heute abend ins Sands?« Das Sands war ein übler Schuppen am Fluß, eine Kneipe, die ursprünglich Sans Souci geheißen hatte, aber der lokale Akzent hatte es zu »Sands« verballhornt, wie ein Nightclub in Las Vegas. Seit dem letzten Sommer waren wir dort regelmäßig hingegangen. Man ließ uns in jede Bar rein. Wir waren zwar noch nicht volljährig, verfügten aber über Arbeitserlaubnis, Anhalterdaumen und gefälschte Ausweise, die wir in der Bibliothek angefertigt hatten, mit Hilfe des einzigen Kopierers weit und breit. Einer von Sils' Brüdern hatte uns seinen Führerschein geliehen, wir hatten ihn fotokopiert und dann unsere eigenen Namen und Fotos eingesetzt. Wir sahen darin kein Verbrechen. Verbrechen waren keine Verbrechen; Gesetze waren etwas Abstraktes; sie ließen sich nicht anwenden. Nichts ließ sich auf uns anwenden. Unsere Jugend und unsere geographische Lage machten uns zu Außenseitern; das ganze Land war in Aufruhr, Vietnam und junge Männer, die sich vor dem Wehrdienst drückten, Rockmusik und Menschen, die sich selbst in Brand steckten. Gesetze waren der vermeintliche Feind. So verweigerten wir den Gehorsam und sprachen uns selbst frei: Wir bestimmten unsere eigenen Regeln, und die waren flexibel. Wir erfanden uns zurecht, bei Null fingen wir an, alles war erlaubt. *Tin soldiers and Nixon coming.* Alles wies uns den Weg nach draußen; alles war Zusammenhalt, Bewegung, Aufbruch – es äußerte sich auf unterschiedlichste Weise. Liebe. Frieden. *Smile on your brother everybody get together.*

Und wir waren die klugen Mädchen. Als solche waren wir bekannt. Wir jobbten als Babysitter. Wir erzielten die besten Ergebnisse bei den landesweiten Einstufungstests. Es spielte keine Rolle, daß wir uns nachts manchmal an den Bahngleisen herumtrieben, betrunken von Whiskey und 7-Up. Daß wir uns gegenseitig in die Tanzbars lockten, indem wir den Telefonhörer an die Plattenspielerboxen hielten, aus denen Deep Purple schallte oder Maggie Bell oder Grand Funk Railroad, so lange, bis die andere sagte: »O.K., O.K., laß uns gehen!« Die wirklich wilden Kids waren schon längst aufgebrochen, zu den Pipelines in Alaska oder nach Boston, zum Broadway oder zu den Lazaretten von Da Nang.

»Au ja. Laß uns gehen«, sagte ich. Sie hatte am nächsten Tag frei.

»Ja, prima«, sagte sie. »Wir sehen uns so selten in letzter Zeit.«

Später, als ich erwachsen und daran gewöhnt war, mit Genuß lange, bedeutende Gespräche in Restaurants oder Bars zu führen – über Literatur, Liebe, Politik und Wissenschaft –, Gespräche, die wie Flammen an ihrem Umfeld zündelten, Gespräche, die wie Straßen in die Nacht führten, gelenkt oder getrieben durch den Alkohol und den Hunger oder irgendein Gefühlschaos, kam es mir seltsam vor, daß ich je Gefallen an diesen Abenden mit Sils im Sans Souci gefunden hatte, weil ich nicht mehr weiß, worüber wir eigentlich gesprochen haben. Ich glaube nicht, daß wir uns wirklich unterhalten haben. Wir hatten keine Gitarre dabei, ohne unsere Notenbücher konnten wir nicht singen. Aber wir sprachen auch kaum miteinander. Wir tranken und alberten herum, wir lästerten und ließen die Blikke schweifen, hin und wieder brüllten wir uns auch etwas zu, wenn die Musik zu laut wurde, und lachten. Wir rauchten eine Zigarette nach der anderen, ohne dabei das eigentümliche Gefühl dreister Provokation zu verlieren, obwohl das nur eine von vielen war, die wir immer wieder von neuem wagten. Wir bestellten uns Gin Tonics und hielten jedes einzelne Glas in das schwarze Licht, das von der Dekke fiel, um uns an dem bizarren Blau zu erfreuen, bevor wir es tranken. Wir hatten keine Ahnung von dem, was das Leben uns bringen würde; keinen blassen Schimmer, keinen denkwürdigen Gedanken. Natürlich steuerte früher oder später ein Typ – älter, betrunkener – auf uns zu, um sich an Sils heranzumachen. Sie war fast sechzehn und gehörte zu der Sorte Fünfzehnjähriger, die wie zwanzig aussehen. Ich hingegen gehörte zu denen, die wie zwölf aussehen, was mich dem Türsteher gegenüber beschämte und verunsicherte.

»Wie geht's euch Mädels denn so?« ging es jedesmal los, und dann spielte der Typ meistens an Sils' Stirnlocken herum, zupfte sie ihr aus den Augen, oder er setzte sich neben sie, Hüfte an Hüfte, fragte, was sie trinken oder ob sie auf das Lied tanzen wollte, das sei ein gutes Lied zum Tanzen,

überhaupt ein guter Abend zum Tanzen, meinte sie nicht auch?
Für gewöhnlich waren es feuchte Abende, der Bretterboden des Schuppens so durchnäßt wie ein Steg am Fluß. Manchmal schützte ich sie durch barsches Benehmen, durch ein verächtliches Grinsen oder einen befremdlichen Blick, damit der Typ glaubte, wir würden uns über ihn lustig machen. Er sei zu alt. »It's only teenage wasteland«, plärrte die Jukebox in den Spielpausen der Band, und ich stupste Sils unweigerlich an.
Manchmal aber stand ich auf und ging zur Toilette, ließ sie allein mit ihm fertig werden, und später würde er uns vielleicht um halb zwölf nach Hause fahren, in der Hoffnung, Sils zu erobern; verträumt wartete er an der Ecke auf uns, während wir in das Haus der einen oder anderen traten, der Mutter eine gute Nacht wünschten und in unser Zimmer gingen, wo wir Kissen unter die Decke stopften, gekrümmte, plumpe Körper daraus formten und anschließend aus dem Fenster stiegen.
Es schien ihnen nichts auszumachen, diesen Männern. Ich kann es beschwören: meistens schien es ihnen nichts auszumachen. Sie waren bereits halb verliebt; sie sehnten sich danach. Sie wollten Sils zu Diensten sein, ihr nahekommen, die Reize spüren, die Brüste, den anmutigen Hals, die langen, nach Mädchenshampoo duftenden Haare. Wir rannten schnell an die Ecke zum Treffpunkt zurück, der Typ war immer noch da, und wir stiegen in sein Auto, Sils saß vorne und ich hinten; wir fuhren wieder zum Fluß und ich beobachtete, wie der rechte Arm des Typen langsam hochglitt, sich zwischen Sils' Rücken und die Sitzlehne schob und sich schließlich verstohlen um ihre Taille legte, die übliche Masche, und ich betete nur, daß da keine Pistole war. Ich war Baptistin und betete feuchtblinzelnd immer

dann, wenn bestimmte Dinge *nicht* eintreten sollten. Sils war katholisch und betete, damit Dinge geschahen, damit sie wahr wurden. Sie betete um Liebe, hier und jetzt. Ich betete darum, daß es keine Pistolen geben möge. In dem Jahr davor hatte es einmal eine Pistole gegeben, eine Pistole, die der Typ mit der rechten Hand aus seinem Handschuhfach geholt hatte, um sie uns dann zitternd vor die Nase zu halten. Als er an einem Stoppschild hielt, nutzten wir klopfenden Herzens die unverriegelten Türen, drückten sie auf und stürzten hinaus. Komisch, dieser Mann, der Sporen trug und einen Cowboyhut, der zwei vierzehnjährige Mädchen hemmungslos mit einer Pistole bedrohte, hielt dennoch achtsam vor jedem Stoppschild an. So sprangen wir hinaus und rannten so schnell wie möglich auf die Straße, schlugen uns in die Büsche, doch er stieg ebenfalls aus, bei laufendem Motor, und verfolgte uns mit einer Taschenlampe, während er dabei eine Kugel in die Luft feuerte.

Sils blieb wie versteinert stehen. Ich hielt ebenfalls im Laufen inne, sah mich nach ihr um und ging wieder zurück, schon stürzte er auf uns zu, kämpfte sich mit der Pistole fuchtelnd durch die Büsche. Er dirigierte uns vor eine Reihe Pinien und brüllte uns an, wir sollten uns ausziehen. Sils machte den Anfang, und ich folgte ihrem Beispiel, was blieb uns anderes übrig? Ich hatte alles ausgezogen und stand nackt im Wald, barfuß auf Piniennadeln und knorrigen Wurzeln, mit einer Hand hielt ich mich hinter dem Rücken krampfhaft an einem Dornbuschzweig fest, der Nachthimmel wirkte wie eine schaurige, schwere Schiefertafel, heller als erwartet, weil der Mond zwar regenverhangen, aber voll wie eine Münze war. Mich musterte er als erste, er ließ den Schein seiner Taschenlampe von meinen Füßen an nach oben wandern, über meine dürren Beine und Hüften, über meine magere Brust bis hin zu meinem Gesicht, dann gab er ein derbes, verstörtes Lachen von sich und ging weiter, um Sils anzuleuchten. Mit ihrem Gesicht fing er an, dann wanderte das Licht nach unten, über ihre Schultern und Frauenbrüste, über ihren flachen Mädchenbauch und ihre Beine. »So ist's gut«, sagte er, während er auf sie zuging, und dann legte er die Pistole nieder, »so ist's gut«; im Schein der Taschenlampe, die er immer noch unbeholfen in der Hand hielt, begann er sich auszuziehen, der Lichtstrahl bewegte sich im Zickzack auf und ab, während er nicht nur seine Hosen und seine gespornten Stiefel ablegte, sondern auch sein Hemd, seine Uhr und seinen Hut. Genau in diesem Moment blickte ich zu Sils und schrie auf, und dann rannten wir stolpernd los, wir flohen davon, nackt, rissen uns die Füße auf, schürften uns den Spann an Steinen auf, rasend und blindlings liefen wir die fünf Kilometer, die wir im Wald hinter uns bringen mußten, bahnten uns den Weg von einer Baumgruppe zur nächsten, bis wir an der anderen Seite herauskamen, die neue Autobahnbrücke überquerten und die Bay Road hinunter nach Dix liefen, weiter nach Hause, noch vor Morgengrauen kletterten wir durch das Fenster. Dann ließen wir uns fallen und atmeten tief durch. Wir lagen im Bett, neben den Kissenleibern, und wußten nicht, was wir eigentlich fühlten; wir gedachten unserer verlorenen Kleider.

Nie wieder sollte uns ein Bauernfänger auf diese Weise übertölpeln. Nach diesem Erlebnis wurden wir vorsichtiger. Wir prüften die Augen und die Rücksitze, um festzustellen, ob sich dort nichts Seltsames verbarg. Gewiß waren wir leichtsinnig, doch wir wollten so vieles: Sommer, Nacht, Alkohol, Luft an unseren Armen, das Schwellen der Musik, das wehmütige Schwellen der Musik, oder die Stille der Uferwege, dort wo keine Autos fuhren, hinter dem

Parkplatz, Astern und sprießende Gräser am Wegrand, dort liefen wir lang, rauchten Joints, inhalierten genüßlich den Rauch, der uns in den Lungen stach und brannte, unsere Beine waren träge, unsere Augen glasig, unsere Schritte aufeinander abgestimmt, bevor wir kehrtmachten und wieder hineingingen, um zu tanzen. Verschwörer. Geschäftspartner in Sachen Gefühl. Das waren wir.

Lange zuvor, schon mit elf Jahren, hatten wir mit unseren unzähligen persönlichen Selbstbehauptungs- und Verwandlungsritualen begonnen. Wir spielten Teenager, schlüpften in »Baby Dolls«, Kleider, die in den Sechzigern kurze Zeit große Mode waren: Puffärmel und Epauletten, durch die man den Faden eines farblich abgestimmten gehäkelten Geldbeutels ziehen konnte. Wir schmierten uns Lipgloss von Yardley auf die Lippen, komisches, klebriges rosafarbenes Zeug in Plastiktiegeln, von dem wir nie genug kriegen konnten und das später vermutlich für eine Fülle von winzigen inoperablen Geschwulsten sorgen würde, doch von Anfang an brauchten wir das Zeug einfach. Diese Gewohnheit, dicke Schichten auffälliger Farbe auf meine Lippen aufzutragen, behielt ich auch als Erwachsene bei, wenn auch in schlampiger Manier, auf dem besten Weg, unter dem Vorzeichen eines hastigen, knalligen Rot, das mir über den Lippenrand trat und zerrann, in ein mittleres Lebensalter zu treten, es sah aus wie moderne Kunst, nur schauriger. Schon in der sechsten Klasse nahm mich die Lehrerin beiseite und fragte: »Benoîte-Marie, was hast du da auf den Lippen?«

»Gar nichts«, entgegnete ich, meine erste Lüge gegenüber einem Vertreter staatlicher Institutionen, aber man hatte mich in die Ecke gedrängt.

Sie musterte mich überall im Gesicht. Sie sah sich meine Ohrringe an, silberne Süßigkeiten, die zur Verzierung von

Torten dienten und die ich mit Klebstoff befestigt hatte. Eine dieser Zuckerfiguren war in der Pause abgefallen, und nun hatte ich eine dicke Klebstoffkruste am Ohrläppchen. Ich führte die Hand zum Ohr und zupfte daran.

»Hast du etwa für die Unterlippe und die Oberlippe verschiedene Farben benutzt?« fragte sie mich entgeistert.

Das hatte ich. Ich dachte, so sähe es besser aus. Warum mußte sie den Witwenblick ihrer Argusaugen ausgerechnet auf mich richten? Ich hatte ihr einmal Flieder mitgebracht, und sie hatte mich umgehend zum Büro des Rektors geschickt. Sie wußte, daß der Flieder aus Nachbars Garten stammte. In unserem Vorgarten wuchs kein Flieder.

»Du brauchst dieses Zeug nicht«, sagte sie. »Du bist dafür zu jung.«

»Welches Zeug?« fragte ich, und sie seufzte und ließ mich gehen. (Jahrzehnte später, in jenem einsamen Jahr, als ich am Hausfrau-im-Bademantel-Syndrom litt, weil mein Mann arbeitete, ich aber nicht, lungerte ich den ganzen Tag im Haus herum, in Pantoffeln und Schlafrock, das Gesicht ungewaschen, die Haare ungekämmt, aber Lippenstift benutzte ich immer, ein leuchtendes Indian Red oder Scarlett O'Hara; so schlurfte ich durch das Haus, sortierte Papiere, saugte Staub.) Unsere Mütter ließen uns machen – wir konnten uns schminken, in Strapsen und Seidenstrümpfen ausgehen –, weil sie ganz andere Sorgen hatten. Sils' Mutter hatte einen Job und Söhne in einer Rockband. Meine war entweder bei einer Versammlung oder in der Kirche oder auf einer Informationstagung für ausländische Studenten; wenn sie zu Hause war und nicht gerade damit beschäftigt, mittels einer Metallbox voll bräunlichen Gelees, das auf dem Herd erwärmt wurde, Sitzungsprotokolle zu vervielfältigen (endlos viele Blätter, mit violetten Buchstaben übersät, die so von einer einzigen

Schreibmaschinenseite kopiert wurden), hielt sie ein Schwätzchen mit Mrs. LeBlanc oder rollte sich auf der Couch unter einem Regenmantel zusammen, um eine kleine Depression auszuschlafen. Sils und ich gingen derweil in die Binnenstadt und legten uns auf die Lauer. Mal Ausschau halten nach »süßen Jungs«, lautete unsere Devise. Doch wenn uns tatsächlich welche über den Weg liefen, sank mein Mut.

Es waren vor allem diese Momente, die mich mit Sils verbanden und die mir später erlaubten, auch den kleinsten Gedanken zu erkennen, sobald er ihr wie ein Wölkchen über das Gesicht huschte; und so wußte ich an jenem Morgen sofort, was mit ihr los war. Meine Mutter hatte mich zum Storyland gefahren, und ich brauchte nur zu sehen, wie Sils, die gerade mit Mike angekommen war, O-beinig von seinem Motorrad glitt und wie ihr Knöchel den heißen Auspuff streifte – eine für sie ungewöhnliche Ungeschicklichkeit –, um zu wissen, daß sie schwanger war. Es war der Raum, den ihr Kummer in Anspruch nahm, eine gewisse Distanz von Mike und auch von mir, die sie mit Blicken zu überwinden suchte, hellen und dunklen, die aufblitzten und wieder erloschen, bis ihre Augen sich zu Kohlen verfinsterten, wie bei einem Schneemann. Immer wieder ließ sie ihre Augen aufstrahlen und erlöschen, bevor sie sich ganz zurückzog. Zu Hause in ihrem Zimmer spielte sie Gitarre, wechselte unablässig von e-Moll nach A-Dur, ohne ein Wort zu sagen. Später sah sie mich an, als sei ich gerade erst hereingekommen, und fragte nur *»Was?«*. Sie sagte es mir nicht, weil sie mich für ein Kind hielt. Ein Kind mit einem Hüttenkäsesandwich. Jedenfalls glaubte ich, daß sie mich dafür hielt. Ich war mir sicher.

Als sie es mir Tage später schließlich doch erzählte – »Ich

kann es kaum fassen, Berie, aber ich glaube, ich bin schwanger« –, war ich schon längst darauf vorbereitet, für sie in die Bresche zu springen.

»Ich werde dir helfen«, sagte ich.

Obwohl ein Teil von mir sich gleichzeitig dagegen sträubte, schockiert und fassungslos, unfähig, diesen Moment durchzustehen, diese Neuigkeit zu verarbeiten. Selbst wenn man ein Ereignis schon lange vorausahnt, ist man doch so sehr daran gewöhnt, es als Sache der Zukunft anzusehen, daß man von seiner Wucht und Gegenwart überwältigt wird, wenn es dann tatsächlich eintritt, man wird überrascht wie von einem Gespenst, das plötzlich im Zimmer erscheint und einen vertrauten Duft ausströmt, altbekannte Stiefel trägt. Wir waren gerade im Umkleideraum vom Storyland und zogen uns an, sie als Cinderella, ich als ewige Witzfigur in Streifen samt Schürze und Hut.

»Ich kann mich auch irren«, sagte sie. »Mir ist so flau. Ich fühle mich, als würde ich bald meine Tage kriegen.«

»Das sind die ersten Anzeichen«, sagte ich fachkundig. Ich hatte alle einschlägigen Bücher gelesen, Gynäkologie war für mich so faszinierend wie sonst möglicherweise nur für einen Androiden.

»Als Chrissy Messita schwanger war, mußte sie nach Vermont.«

»Ich werde dich hinfahren«, sagte ich. Ich war zwar noch Fahrschülerin, machte aber große Fortschritte.

»Ich denke, daß Mike mich fahren könnte. Aber trotzdem danke.«

Ich schwieg und dachte über sie und Mike Suprenante nach, versuchte mir vorzustellen, wie ihr gemeinsames Baby wohl aussehen würde.

»Wo willst du überhaupt ein Auto herkriegen?« fragte sie.

»Was?«

»Von wem könntest du ein Auto ...«
»Von meinen Eltern«, sagte ich schnell. Ich war noch zu jung für den Führerschein, aber ich dachte, ich könnte LaRoue dazu bewegen, uns zu fahren. »Ich warte einfach einen schönen Tag ab, dann erledigen sie sowieso alles zu Fuß und brauchen das Auto gar nicht.«
»Ich glaube nicht, daß das so einfach geht«, sagte sie. Sie beugte sich vor und rückte ihre Brüste in den Korsagekörbchen zurecht, Kuchenförmchen, und drehte sich wieder um, damit ich ihr den Reißverschluß zumachen konnte. »Man muß sich erst einen Termin geben lassen, und zu dem muß man dann hin.«
Erst jetzt wurde mir klar, daß sie die Abtreibungsklinik meinte und nicht das Heim für ledige Mütter. Im Jahr zuvor waren zwei schwangere Mädchen, die wir aus der Schule kannten – Mary Mills und Sara Hayward –, in dieses Heim gezogen, um dort vier Monate bis zur Geburt der Babys zu verbringen. Danach hatte Mary Mills versucht, sich mit einem Löffel die Pulsadern aufzuritzen. Seit kurzem waren Abtreibungen in unserem Staat erlaubt, aber in unserem Bezirk wollte sich kein Arzt darauf einlassen; da mußte man schon nach Vermont fahren.
»Ach ja«, sagte ich. »Stimmt.« Im Park erklang die blecherne Orgelmusik, und ich schnappte mir meine Kassette mit dem Wechselgeld und der dicken, orangeroten Eintrittskartenrolle und ging nach oben zu Schalter drei, um den Kassetteninhalt in die Kassenlade zu leeren.
»Heute abend«, rief Sils mir nach. »Alles klar?«
»Klar wie Kloßbrühe!« Das habe ich wirklich gesagt. Als ich fünfzehn war, habe ich das sogar ziemlich oft gesagt.

Am späten Nachmittag rief ich meine Mutter an, um ihr zu sagen, daß ich nicht zum Abendessen kommen würde, aber LaRoue ging dran. In diesem Sommer arbeitete sie in einem Tierheim, sie machte die Hundezwinger sauber und pflegte die Katzen, eine Arbeit, die dort außer ihr niemand gern verrichtete. »Ich weiß ja nicht«, sagte sie in ihrer komischen, rechthaberischen Art. »Ich weiß nicht. Das wird Mom bestimmt nicht gefallen.« *Mom*. Etwas anderes fiel ihr nicht ein. Nun wurde *ich* komisch und rechthaberisch. »Sie wird's schon überleben«, entgegnete ich und legte auf. Über LaRoue machte ich mir nie Gedanken, wer sie war, was sie sich von ihrem Leben versprach oder auch von mir, die in ihrem Leben zwar kaum eine Rolle spielte, aber am Rande entlanghüpfte wie eine Springbohne. Ich brachte keine Geduld für sie auf, immer war ich sprunghaft und beschäftigt.

Ich war auf Sils fixiert. An jenem Abend gingen wir nach der Arbeit ins »Dairy Dreem«, mit Cheeseburgern und Milkshakes saßen wir im Freien gegenüber der alten Festung Fond du Lac, die die Briten im achtzehnten Jahrhundert von den Franzosen erobert hatten und die vor kurzem für die Touristen restauriert worden war. Hin und wieder wurde eine Kanonenattrappe gezündet, und ein Teenager, mit der Uniform eines britischen Soldaten aus der betreffenden Epoche ausstaffiert – roter Rock, schwarzer Dreispitz, Pferdeschwanzperücke –, schlug dazu die Trommel, sein Sommerjob. Die *Old Paddle Wheel* im Jachthafen ließ pfeifend Dampf ab und schipperte zu abendlichen Dinnerkreuzfahrten los. Die Autos fuhren langsam die Route 9 entlang, weil die Insassen sehen wollten, ob etwas los war, oder sie brausten vorbei, unterwegs zum Strand oder zum Minigolfplatz, oder zum Malerei-Workshop, oder weiter auf dem Weg nach Montreal. Sils und ich saßen vor dem Dairy Dreem an den Picknicktischen, in der Nähe der Abfalleimer, und aßen aus Wachspapier und

roten Plastikschälchen unsere Cheeseburger und Pommes. Wir rührten mit langen Plastiklöffeln in unseren Milkshakes herum. Wir waren anonym, »Alone Together«, wie der Song; wir kannten alle Songs, die es gab.
»Wahrscheinlich will ich bloß Zeit schinden«, sagte sie, »ich mach mir was vor.«
Ich nickte verständnisvoll, drückte mehr Ketchup auf das Wachspapier, eine Art unfreiwillige Symbolik, dann putzte ich ihn mit meinen Pommes schnell wieder weg. Plötzlich fühlte ich mich beklommen. »Wie lange« – und da räusperte ich mich –, »wie lange bist du überfällig?« Ich hörte mich an wie ein verlegener Junge oder wie eine Krankenschwester. Ein verlegener Krankenbruder.
Ich dachte, sie würde eine Woche sagen. Aber sie sagte: »Zwei Monate.«
»Oh«, sagte ich leise. Meine Grammatik ließ mich im Stich. »Solltest du dich da nicht besser beeilen?«
Sils ließ ihren Kopf in eine Hand sinken. Die Haare fielen in langen Strähnen über ihr Gesicht. »Gott, ist mir schlecht.« Sie schob ihr Essen beiseite. »Wahrscheinlich will ich bloß nicht, daß Mike davon erfährt.«
Ich schwieg.
»So viele Jahre auf der St. Alphonse Academy in Albany«, erklärte sie. »Er wird es behalten wollen. Er wird heiraten wollen. Ich kann einfach nicht.«
»Du bist dafür zu jung«, bemerkte ich, der dienstbare Handlanger, der griechische Chor in Form einer einzigen vorlauten Piepsstimme, doch es war meine Lehrerin aus der sechsten Klasse, die mit diesen Worten meinen Lippenstift monierte; unwillkürlich hatte ich diese wieder aufgegriffen, sie waren mir über die Lippenränder getreten.
Sils richtete sich auf und blickte mir geradewegs in die Augen. Sie trug einen Ohrring aus Straß, der die unterge-

hende Sonne auffing – wirklich! –, er sandte einen Lichtstrahl aus, ein Notsignal.

»Aber wie kann ich es Mike verheimlichen und trotzdem die fünfhundert Dollar auftreiben?« Wir verdienten einen Dollar fünfundsechzig die Stunde. Im Jahr 1972 war das der Mindestlohn.

»Ich werde es beschaffen«, platzte ich heraus.

»Wie bitte?«

»Das Geld. Ich werde es dir beschaffen.« Dieser Vorschlag war dermaßen kühn und grotesk, daß er uns beiden lange die Sprache verschlug, bis tief in die Nacht, wir schwiegen sogar noch im Sands, während wir tanzten und tranken, bis alles verschwamm, in Bierschaum versank, in einen Traum überging, wir spürten, wie unsere Bewegungen sich auflösten, und wir fühlten die rauhen, harten Rhythmen der Band. Vielleicht brachte uns dieses Mal jemand nach Hause, den wir kannten; ich glaube, es war jemand, den wir kannten.

Und als ich am nächsten Tag aufwachte, zu klein, zu jung für die Kopfschmerzen und die Übelkeit, die ich naturgemäß verspürte, und plötzlich zu alt an Wissen, während die Sonne bereits durch den feuchten Morgen drang, sich an die Arbeit machte wie ein Straßenfeger, während meine beste Freundin an eine Abtreibung dachte und meine Mutter, wechseljährig und gedankenverloren, mich zur Arbeit fuhr, ohne ein Wort zu sagen, kaum ein Wort, mich einfach aussteigen ließ und dann sagte: »Pro Fahrt macht das fünfundsechzig Cents, denk dran«, um sich von ihren Kindern nicht ausgenutzt zu fühlen, um ihnen beizubringen, wie man mit Geld umgeht, daß man für alles bezahlen müsse, es werde einem nichts geschenkt (»Ja«, sagte ich), so berechnete sie mir täglich die Fahrt zur Arbeit, was mich, wenn ich heute daran denke, für uns beide beschämt;

warum mußten wir so leben, immer mit dieser kleinlichen Buchführung? Und als ich mich umzog, in mein gestreiftes Kleid mit der Schürze schlüpfte, dort, wo ich die Heimlichtuerei überhaupt erst gelernt hatte, weil ich meinen dünnen Mädchenkörper vor den anderen verbergen mußte, als ich meine Schalternummer an der Wandtafel überprüfte, meine Kassette nahm und das Geld in die Lade der Registrierkasse einsortierte – Zehner-, Fünfer-, Einerscheine, Fünfundzwanzig-, Zehn- und Fünfcentstücke; jedes hatte in der Lade sein eigenes Fach, sie waren angeordnet wie ein Mondrian oder ein Gewürzschränkchen, nur keine Pennies, bloß eine große Fläche, die für die Zwanziger ausgespart war, Fünfziger und Travellerschecks kamen unter die Lade –, da wußte ich, wie ich es anstellen würde. Aber natürlich. Ich hatte in Mathematik die besten Noten; deswegen hatte man mich eingestellt. Der Gedanke lag ja nahe, wie im Fall eines Zimmermädchens, das jahraus, jahrein Flugtickets auf den Nachtschränken liegen sieht, die sie saubermacht, in jenen Zimmern, deren Toiletten sie reinigt, und auf einmal hat sie die Eingebung, eine blitzartige Vision, wie ein Geniestreich oder vielleicht ein Anfall, daß sie reisen müßte, fliegen: nimm sie dir und geh. Und sie tut es, ohne ein Wort zu verlieren.

Natürlich wird sie ertappt.

Aber ich hatte es anders geplant. Was ich zu tun hatte, konnte ich in der Mittagszeit tun, wenn Sheryl oder Debbie, die anderen Kassiererinnen, ihre Pause machten und ich allein Kasse machen und Eintrittskarten abreißen mußte. Eintrittskarten von Besuchern, die immer recht hatten. »Hier ist der Kunde Arschloch«, sagte Sils einmal. »Ist doch ein tolles Motto für einen Vergnügungspark.«

»Das macht zwölf Dollar, bitte.«

»Aber der Kleine ist unter vier.«
»Sicher.« Ich rollte die Augen und stemmte eine Hand in die Hüfte.
»Wer sind Sie eigentlich, die Tochter vom Boss?«
Die Kinder waren immer empört. »Daddy?«
»Was ist?«
»Ich bin *sechs.* Ich bin *sechs.*«
»Der Kleine ist nicht sechs. Hören Sie nicht auf ihn.«
»O.K. Meinetwegen. Acht Dollar. Hier sind Ihre Karten. Das ist ja nicht zu fassen.«
Manchmal tippte ich den Betrag nicht in die Kasse ein. Wenn die anderen Mädchen Pause machten, drückte ich auf die No-Sale-Taste, öffnete die Lade und verkaufte einige der abgerissenen Abschnitte. Ich notierte alles in einem Notizblock, um diese Summe später, vor Dienstschluß, wieder aus der Kasse nehmen zu können, oder ich holte das Geld heimlich aus meiner Kassette, die ich »aus Sicherheitsgründen« zur Toilette mitnahm.
»Das macht vierundzwanzig Dollar. Hier sind Ihre Eintrittskarten.«
»Ist das alles? Mehr ist nicht dran?« fragten dann die Parkbesucher (»Besucher des Parks« lautete die offizielle Bezeichnung).
»So isses.« Ich blickte starr geradeaus.
»Mehr kriegen wir nicht? Wir brauchen nur die vorzuzeigen?«
»Jaha.«
»Ach so. Na dann.« Und dann gingen sie weg, durch das Tor in den Park hinein.
Zunächst hatte ich bei der Abrechnung nie einen Überschuß oder einen Fehlbetrag zu verzeichnen, keinerlei Unstimmigkeiten. Ich lief mit der Kassette unterm Arm quer durch den Park zu einem Imbißstand, kaufte mir ein

Rootbeer und ging anschließend mit kurzem Herzklopfen zur Toilette, um die errechnete Summe – sagen wir achtundvierzig Dollar, einmal auch sechsundneunzig – herauszunehmen, den Rest gab ich Isabelle, unserer Aufseherin, oben in ihrem Büro zurück. Ich verspürte dabei nicht einmal große Angst, weil ich – anders als in der Situation, da ich vor einen Lastwagen geriet, der an einer roten Ampel hielt, weil ich ihn nicht umgehen wollte, anders als bei diesem einen Mal, als ich nachts allein zum See trampte, um mich selbst auf die Probe zu stellen, um *mein Ich* zu erforschen, mein Gott, was immer das auch heißen mochte, und anders als in dem Moment, da ich in einem Laden in der Binnenstadt einen heißbegehrten Pulli klaute (»pfänden« sagten wir dazu; »Dein Hemd gefällt mir; ist es *gepfändet?*«) – weil ich das für Sils in ihrer Not tat.
Ich versteckte das Geld zu Hause unter meinem Plattenstapel – Carole King, Joni Mitchell, Bread –, und am Ende der Woche hatte ich fünfhundertzweiundfünfzig Dollar beisammen, plattgepreßt wie Briefumschläge durch das Gewicht der vielen Musik.

Manchmal streite ich mich mit Daniel über die Sechziger. Er ist neun Jahre älter und kennt diese Zeit besser als ich, oder anders.
»Zwischen uns ist wirklich ein großer Altersunterschied«, meint er.
»Das Alter spielt keine Rolle«, entgegne ich.
»Leider gibt es auch einen gewaltigen Rollenunterschied. Wir haben die Sechziger gemacht«, sagt er, und mit dem »wir« meint er eine Generation, von der ich ausgeschlossen bin. »Wir haben die Gegenkultur geschaffen. Du warst zwölf Jahre alt.«
»Aber wir haben sie doch geerbt«, sage ich, »und als Kinder

haben wir uns daran orientiert, wir haben davon gezehrt. Wir sind mit diesen Ideen aufgewachsen. Die Gegenkultur war für uns von Anfang an gegenwärtig, von klein auf; sie ist das Holz, aus dem wir geschnitzt wurden. Wir haben euch doch beobachtet, die Achtzehn- und Neunzehnjährigen, wie ihr am Strand auf LSD abgefahren seid, oder im Park von Horsehearts Duck, Duck, Goose gespielt habt mit euren Perlenketten und den wallenden indischen Kleidern. Doch als *wir* dieses Alter erreicht hatten und in den Park gingen, oder zum See, gab es weit und breit keine Ente oder Gans mehr zu sehen, keinen kleinen Trip mehr zu haben. Nur noch Ford, der Nixon begnadigte.«

»O Gott«, schnaubt Daniel.

»Früher war das alles, was uns interessierte«, sage ich. »Rebellion, Revolution und all die Songs, die dazugehörten. Wir sind zu den Klängen von ›Eve of Destruction‹ Schlittschuh gelaufen. ›The western world, it is exploding‹, und dazu haben wir dann diese kleinen Pirouetten gedreht.« Oder etwas in der Art. Ich sage etwas in der Art.

»Aber von uns ging es aus«, sagt er. »Es kam von *uns,* nicht von dir.«

»Sicher, ihr habt es gemacht, aber dann hat es sich verselbständigt. Ihr konntet euch wieder davon lösen. Und das habt ihr auch getan. Wir hatten diese Möglichkeit nicht. Es war in uns drin. Und als es draußen in der Welt nicht mehr zu finden war, standen wir vor dem Nichts, verwirrt, verloren, verraten, masturbierende und gescheiterte kleine Desperados.«

»Masturbierende und gescheiterte kleine Desperados?«

»Genau.«

»Wovon redest du überhaupt? Du kannst die Sechziger doch nicht einfach benutzen. Du kannst die Sechziger nicht benutzen, um dein Selbstverständnis zu polieren.«

Aber genau das will ich. Ich denke an all das Lügen und Stehlen, das in der Provinz das Herz bereichert. Es konnte mir damals nicht darum gehen, Autoritäten zu *hinterfragen*. Ich hatte das Gefühl, daß ich in ihren Augen gar nicht existierte. Doch wenn ich mich heute darauf zurückbesinne, möchte ich mogeln und sagen dürfen, daß es an der *Zeit* lag und nicht am Ort. »Aber was ist stärker, das, was du selbst schaffst, oder das, was du erbst? Was ist dauerhafter?« frage ich. »Ich weiß, daß wir hier lächerliche Gemeinplätze austauschen, aber seien wir doch ehrlich, so macht eine Diskussion erst richtig Spaß.«
»Das ist typisch«, sagt er, »für jemanden, der nach Entschuldigungen sucht. Für Rowdies, die politische Ausflüchte suchen.«
»Vielleicht ist es ja bereits politisch, Rowdy zu sein.«
»Du bist kein Rowdy.«
»Das stimmt«, sage ich seufzend. Und mit dieser Lüge fühle ich mich ihm nahe, ich bringe soviel Dankbarkeit für ihn auf, soviel Mitleid.
So läuft es zwischen uns beiden. So verlaufen unsere Gespräche.

An einem Dienstag, meinem freien Tag, wollte ich Sils das Geld zeigen. Ich räumte mein Zimmer auf. Ich saugte den lilafarbenen Flokati, befestigte neue Tesastreifen auf der Rückseite meines *Desiderata*-Posters, damit es sich nicht wölbte oder verrutschte. *Sei du selbst … Du bist ein Kind des Universums … Sei heiter. Strebe nach Glück.* »Wo steht denn der Satz ›Nimm die Schere aus dem Mund, wenn du rennst!‹« fragte Claude, als er sich einmal das Poster besah. Im vergangenen Schuljahr hatte ich auch ein *Let-It-Be*-Poster aufgehängt, eins von Spiro Agnew (hirnverbrannterweise hatte ich mit Eyeliner »Yeah, right, Spiro Baby!«

draufgeschrieben) und ein psychedelisches Poster, das in flammender Schnörkelschrift verkündete: »Leben ist Kraftstoff zu 39 Cents pro Liter«. Doch in diesem Sommer hatte ich sie alle abgehängt, bis auf das *Desiderata*-Poster. Nun wischte ich Staub von den Regalen und der Frisierkommode mit der teils abgerissenen Papieroberfläche in Holzoptik und dem Stoffbesatz, der sich in einer alten, gefärbten Gardine und ein paar Reißzwecken erschöpfte. Ich hatte eine Reihe von Duftfläschchen aus dem Drugstore in der Innenstadt: Eau de Lemon, Eau de Love, Oh! de London (Odekerk! Dad, Odekerk!). Ich hatte einen kleinen Stapel Ausschnitte aus der *Seventeen,* Tips, wie man sich in einer Stunde auf ein Rendezvous vorbereiten konnte, in einer Viertelstunde, in fünf Minuten, in dreißig Sekunden. (Plötzlich und unerwartet taucht er in der Einfahrt auf! Was kannst du tun? *Schnell! Bürste deine Haare und binde sie mit einem frischgebügelten Tuch zurück!)* Ich hatte einen elektrischen Schminkspiegel mit drei verschiedenen Einstellungen: Tag – Abend – Büro. Die Bürobeleuchtung war grünlich und besonders grell, und so lehnte ich mich vor, jagte in den Spiegelgründen, nahm meine Haut ins Visier, weder gut noch schlecht, ich spähte nach Schwellungen und verstopften Poren und drückte, wo ich nur konnte, den wäßrigen Eiter aus den Pickeln aus. Dann tupfte ich sie mit Gesichtslotion rot und rein ab. Ich schminkte mich auf übertriebene, theatralische Weise – dunkle und leuchtende Töne –, als ob man mein Gesicht aus großer Entfernung erkennen müßte.

Ich drehte mir die Haare mit elektrischen Lockenwicklern ein, die unter der Kommode eingestöpselt waren. Ich zog ein enges Oberteil mit rundem Ausschnitt und meine Wrangler-Shorts an, bei denen ich im März den Saum aufgetrennt und die Fransen sorgfältig ausgekämmt hatte, um ein helleres Blau zu erzielen. Ich zog meinen Makrameegürtel durch die Schlaufen. Ich legte Platten auf, Laura Nyro, Carole King, *my life has been a tapestry of rich and royal hue.* Ich tupfte mir Vanille-Essenz und Jean Naté Friction pour le Bain auf je ein Handgelenk und rieb sie dann zusammen, meine ganz persönliche Mischung. Ich wollte originell sein. Ich wollte *ich* sein! Ich nahm die Wickler heraus und bürstete mir die Wirbel aus den Haaren. Ich ließ mich aufs Bett fallen und wartete. Eigentlich war es nur eine Matratze, die wie bei Sils ohne Gestell auf dem Boden lag, genau wie ich es mir wünschte, und ich hatte sie mit einem knallbunten indischen Tuch bedeckt, orange und pink gemustert, wir nannten das »Tapisserie«; ich hatte die Decke letztes Jahr mit meiner Mutter im Macy's-Einkaufszentrum in Albany gekauft.

»Willst du das wirklich haben?« hatte sie mich gefragt.

»Ganz sicher«, sagte ich.

»Na gut, es ist schließlich dein Zimmer.« Das Einkaufszentrum in Albany kam mir wie ein wundersamer, überquellender Palast vor, und ich machte dort so manchen Fehlkauf, Geschmacksverirrungen, weil mir der Kopf schwirrte. Ich lag auf dem Bett und blickte nach oben. Anstatt einer normalen Lampe hatte ich ein rosafarbenes Flutlicht angebracht und einen bienenkorbförmigen Papierschirm daran befestigt; wahrscheinlich feuergefährlich. Aber was kümmerte es mich? Ich besaß keine wertvollen Dinge. Es würde schon nichts passieren. Falls doch – verdammt –, dann würde es eben brennen. Mein einziger Wunsch war, daß mein Körper blühen, bluten und Liebe erfahren sollte. Ich brannte vor Sehnsucht, aber im großen und ganzen war es eine schlichte Sehnsucht, durch einfache Freuden zu stillen, kleine Glanzlichter, Ausflüge in ein verheißungsvolleres Leben: ich wollte mit Sils zusammen Orte erkunden

und Dinge ausprobieren. Sollte das Haus meinetwegen doch abbrennen.
Ich hörte, wie ihr Fahrrad knirschend in die Einfahrt rollte und hielt. Sie kratzte mit dem Schlüssel gegen das Fliegengitter, ich stand auf und ging zum Fenster.
»Hi«, lächelte sie und lugte durch unsere verdreckten Gitter in das Haus hinein. Sie hatte ihre beste Jeans an, und unter der Jeansjacke blitzte ihre weiße ärmellose Bluse hervor. Ich kannte jedes ihrer Kleidungsstücke in- und auswendig.
»Geh zum Vordereingang«, sagte ich. »Die Tür ist offen.«
»Deine Eltern zu Hause?«
»Ehm ... nur LaRoue und meine Mutter.«
»Hab eine kleine Überraschung dabei«, sagte sie und tätschelte die Brusttasche ihrer Jacke. »Du solltest die Fenster deines Lebens offenlassen, Babe.« Ich folgte ihr mit den Augen, während sie das Rad zum Vordereingang schob, und wartete das Läuten der Türklingel ab. LaRoue ging nachsehen.
»Berie«, rief LaRoue mit lauter, schroffer Stimme, vielleicht war sie auch ärgerlich, aber warum? Ich fragte nie danach. »Für dich. Silsby Chaussée steht vor der Tür.«
»Laß sie rein«, brüllte ich zurück.
»Kannst du selber machen«, entgegnete LaRoue und stampfte wieder in ihr eigenes Zimmer zurück.
»Mädchen, hört auf zu schreien!« rief meine Mutter von oben.
Ich kam Sils im Eßzimmer auf halbem Weg entgegen, sie hatte das Haus bereits betreten, und ich packte sie am Ärmel, machte kehrt und führte sie in mein Zimmer.
»Ein typischer Nachmittag im trauten Heim der Carrs«, bemerkte Sils.
»Ich hasse diese Familie«, sagte ich und schloß die Tür ab. In unserem Haus waren die Türen alt: in den Schlüsselö-

chern steckten abgenutzte Schlüssel, die wir eigentlich nicht umdrehen oder herausnehmen durften.
Aber ich drehte den Schlüssel trotzdem um, verriegelte die Tür, und als sie abgeschlossen war, sah ich, wie Sils' Lächeln sich in ein mürrisches Starren verwandelte. »Fuck«, sagte sie, kramte in ihrer Tasche nach dem Joint und zündete ihn mit einem Sans-Souci-Streichholz an. Sie nahm einen tiefen Zug und hielt den Rauch in ihrem Innersten zurück, als sei er das schrecklichste Geheimnis der Welt, dann brach er aus ihr hervor wie ein Schrei.
»Da.« Sie reichte mir den Joint, und ich zog mich damit zum hinteren Fenster zurück, ließ mich auf meine vom Teppich wundgescheuerten Knie sinken und blies den Rauch nach draußen.
»Die ganze Zeit denke ich an das, was in mir drin ist«, sagte Sils. »Dieses keimende kleine Etwas von einem Kind. Aber ich spüre gar nichts.«
Ich drehte mich um, um sie anzusehen, aber wir saßen zu nah beieinander, und so wandte ich mich wieder dem Fenster zu, blickte zunächst auf die nähere Umgebung, dann weiter weg, sah an den Bäumen vorbei, auf die Blätter und durch sie hindurch, und ich erinnerte mich erneut an diese Nacht im vergangenen Jahr, jene Nacht, als der Mann und die Pistole wie ein Kastenteufel auf und ab sprangen, während über und hinter den Zweigen die helle Sommermitternacht strahlte. Wir waren gerannt, immer von einer Baumgruppe zur nächsten und dann wieder zur nächsten, als ginge es darum, das Wesen des Lebens auf einer Bühne darzustellen.
»Ich weiß überhaupt nicht, wie ich es anstellen soll, ohne daß jeder davon Wind bekommt«, sagte Sils.
Plötzlich kam mir alles komisch und verschwommen vor. Meine Platten, die ich auf dem Plattenwechsler gestapelt

hatte, fielen eine nach der anderen auf den Teller: die Moody Blues; Stevie Wonder; Billie Holiday; Crosby, Stills and Nash; die Rolling Stones. In jedem Lied kam der Dienstag vor. »Tuesday Afternoon«. »Tuesday Heartbreak«. »Ruby Tuesday«. *Maybe Tuesday will be my good news day. Will you come see me Tuesdays and Saturdays?*

Vielleicht war es auch Donnerstag und Samstag. Aber mir war Dienstag lieber. Twos-day: ein Tag für zwei. Manchmal, wenn ich allein vor mich hin sang, wohlig auf meinem Bett ausgestreckt, und durch die offenen Fenster in großen, warmen Rechtecken eine zirpende Sommernacht hereinschaute und nach mir zu rufen schien, dachte ich mir meine eigenen Texte aus.

»Ich muß dir was zeigen«, sagte ich, stand auf und reichte ihr den Joint zurück. Ich ging zu meinem Plattenregal und hob einen Stapel Platten hoch, Dutzende, die ich noch nicht auf den Plattenwechsler gelegt hatte – Big Brother and the Holding Company, Melanie, Seals and Crofts, eine Sammlung von Neil-Young-Konzerten, die ein hustender Bootlegger heimlich aufgenommen hatte –, und zeigte ihr das Geld, flach und leblos, kostbar und chloroformbetäubt wie ein Schwarm Schmetterlinge.

Sils machte große Augen.

»Das ist für uns«, flüsterte ich. »Das alles ist für dich.«

»Das Geld?« Sie konnte es nicht begreifen.

Ich prüfte noch einmal, ob die Tür wirklich verschlossen war. Ich machte das Fenster zu und ließ die Jalousien hinunter, dann setzte ich mich auf den plüschbezogenen Drehhocker vor dem Frisiertisch. Ich schaltete den Schminkspiegel ein, um Licht zu haben. Ich stellte ihn auf Bürobeleuchtung, das eklige Grün, und mußte unwillkürlich ein meckerndes Lachen von mir geben. »Ich hab's einfach genommen«, sagte ich.

»Du hast es genommen?«
»Ich hab's aufgesammelt. Ich hab's irgendwie – gepfändet. Ich hab nur, ich hab die Abrisse verkauft, ohne den Betrag in der Kasse zu registrieren.«
Sie blickte zunächst mich an und dann lange Zeit auf das Geld. Ein Kürbis, der sich in eine Kutsche verwandelte: ich hoffte, sie würde das verstehen. An diesem einen Tag, Dienstag, wollte ich ihre gute Fee sein. Ich versuchte zu schlucken, aber das Gras hatte meine Kehle bitter und rauh gemacht, meinen Rachen gereizt und ausgetrocknet. Ich mußte mich konzentrieren, um nicht zu kichern. Oder zu weinen. Oder zu singen. Ich mußte mich konzentrieren, um überhaupt sehen zu können.
Endlich sah sie zu mir auf. »Zählen die denn die Abrisse nicht?« fragte sie nur.
»Nee«, antwortete ich. »Nicht, daß ich wüßte.« Und wir brachen in Lachen aus. Ein schwachsinniges Lachen.
Sils' Stimme nahm einen spöttischen Tonfall an. »Das wird dich noch teuer zu stehen kommen, kleines Fräulein«, sagte sie und fuchtelte mit dem Finger.
»Wir verdienen einen Dollar fünfundsechzig die Stunde. Glaubst du vielleicht, daß Frank Morenton, dem sowieso die halbe Gegend gehört, es überhaupt merken wird? Er ist doch viel zu sehr damit beschäftigt, Santa Claus' Weihnachtshaus in Dalesburg zu eröffnen.«
»Er ist doch selber schuld, wenn er uns keine Lohnerhöhung gibt.« Nun streckte sie tatsächlich die Hand nach dem Geld aus, um es zu berühren. »Laß uns zum James-Gang-Konzert gehen«, sagte sie plötzlich. Jetzt hielt sie ein paar Geldscheine hoch. Sie zog einen Zwanziger heraus und wedelte ihn hin und her.
»Wie bitte?«
»Die James Gang spielt heute open air, im Kunstzentrum

am See«, erklärte Sils. »Mensch, mit dem Geld könnten wir uns sogar ein Taxi leisten.«

»Vielleicht kann ich LaRoue überreden, uns hinzufahren«, sagte ich zögernd. Ich wollte das Geld lieber aufheben. »Warte, ich frag sie mal.«

LaRoue polierte in der Küche ihre Reitstiefel. »Wir wollten vielleicht auf ein Konzert gehen«, sagte ich. Ich versuchte, nett zu sein, nicht mit der Tür ins Haus zu fallen, nur mal vorzufühlen.

»Und ich soll euch wohl hinfahren.« Sie wirkte entrüstet, aber auch ein wenig traurig.

»Magst du nicht mitkommen?« fragte ich fröhlich, verlogen. Sie vertiefte sich lange Zeit in die Betrachtung ihrer Reitstiefel, als handle es sich um eine schwere Herausforderung. Die Stiefel standen in einer ordentlichen Reihe auf dem Küchentisch, auf einer Seite der *Horsehearts Gazette.* »Was ist das für ein Konzert?«

»Die James Gang«, antwortete ich.

»Wieviel Uhr?«

Mein Gott, sie schien wirklich darauf einzugehen.

»Um acht. Aber wir wollten schon gegen sieben da sein.«

»Wie sieht's mit Abendessen aus?«

»Mom hat gesagt, heute abend ißt ›jeder, wie er mag‹.« Hin und wieder verweigerte meine Mutter das Kochen und nannte es dann feierlich einen »Jeden-wie-er-mag«- oder »Mach-dir-selber-was«-Abend. Einmal hatte sie in einem stärkeren Anfall von Schwermut sogar den Weihnachtstag ausfallen lassen und ihn den »Weihnachten-fällt-heute-aus-Tag« genannt.

»Ja, aber ich wollte doch Brownies und Makkaroni machen«, sagte LaRoue. Sie hatte bereits starkes Übergewicht, wenn sie auch längst noch nicht so dick war wie später in ihrem Leben. Ich kniff die Augen zusammen.

»Vergiß es«, sagte ich. »Komm doch einfach mit. Wir können unterwegs bei Carroll's halten.« Carroll's war ein Fast-Food-Laden, der bald durch McDonald's verdrängt werden sollte. Aber damals war Carroll's unser Favorit, wir mochten das knallige Rot und Türkis, den reliefartigen, geschwungenen Schriftzug.
»O.K.!« sagte sie. Und mir wurde wieder einmal bewußt, daß ich deswegen nie etwas mit LaRoue unternahm, weil sie so merkwürdig war und keine Freunde hatte, weil ich mich ihrer schämte; obwohl ich deswegen ein schlechtes Gewissen hatte, war dies eine traurige, unabänderliche Tatsache.

Ich saß vorne und Sils auf dem Rücksitz, so daß ich mich ständig zu ihr umdrehte, während wir auf der Fahrt zum See ununterbrochen »And when I die« sangen, mehrstimmig, wie wir es vergangenes Jahr im Mädchenchor gelernt hatten. Unsere Chorleiterin Miss Field hatte ein nettes Arrangement daraus gemacht.
»›I'm not scared of dyin' and I don't really care‹«, begann Sils.
»›If it's peace you find in dying, well then let the time be near.‹«
»›All I ask of livin' is to have no chains on me!‹« Diese Zeile brüllten wir förmlich heraus. Sie gelang uns immer am besten, wir gingen sie laut, aber langsam an, mit ein paar eigenwilligen Intervallen, auch wenn die meisten Terzen waren. Eigentlich kannten wir von der James Gang keinen einzigen Song, oder doch, einen, den bekanntesten, den Hit, aber nicht einmal den besonders gut.
Bei Carroll's bestellten wir uns Hamburger und Vanille-Milkshakes und setzten uns an den Resopaltresen, wo wir uns gegenseitig beim Essen zuschauten, wir beobachteten

einen Typen, der hinter dem Fritiergerät den Boden kehrte, oder einen anderen, der draußen mit dem Wagen vorfuhr, aus seinen Autoboxen schallte »In-A-Gadda-Da-Vida«, oder auch LaRoue, die uns argwöhnisch beäugte, als führten wir etwas im Schilde.

Der Parkplatz des Kunstzentrums am See war bereits voll, und die Ordner wiesen die Neuankömmlinge in die freien Lücken am hinteren Ende ein, die normalerweise dem Personal vorbehalten waren. Auch wir parkten dort, stiegen aus und gingen auf den Eingang zu, mit einer alten Decke über dem Arm, einem Cola-Sixpack und einer Schachtel Zigaretten in der Hand. Überall um uns herum waren bärtige junge Männer mit abgeschnittenen Jeans, Frauen in weiten Kleidern, Büffelsandalen und silbernen Armreifen, die Thermosflaschen schleppten, Kühltaschen und Sonnenschirme mit der Aufschrift »Peace«. Direkt hinter dem Eingang waren Polizisten postiert, um die Thermosflaschen und Kühltaschen auf Alkohol hin zu durchsuchen, doch davon abgesehen lag etwas Wundervolles in der Luft: die laute, sommerliche Atmosphäre eines überfüllten Rockkonzerts, wenn auch nicht gerade Woodstock, aber damals waren wir erst zwölf Jahre alt gewesen. Nun, mit fünfzehn, war das für uns ein besonderes Ereignis; die Älteren waren schon ein Weilchen dabei, sie verhielten sich ruhig und erfahren; nichts war ihnen neu, nichts brachte sie in Aufruhr. Einige von ihnen hielten Babys in den Armen. Wir beobachteten sie, drängten uns in der Schlange dicht an sie, setzten uns auf der Wiese neben sie. Die Wiesenplätze waren am billigsten: zwei Dollar fünfzig pro Platz. Wir zahlten, nahmen unsere Eintrittskarten entgegen und gingen hinein.

Musik versetzte uns damals in verschiedenste Stimmungen, die ineinander übergingen, Zustände von Halluzination,

Zustände von Liebe. Ein Song war die zeitlose Wahrheit, die sich unter der Oberfläche der Dinge verbarg. Eine Reise ans Meer, ohne sich vom Fleck zu bewegen! Ein Schlag gegen die Brust, wie wenn dein Schwarm plötzlich den Raum betritt. Musik bedeutete uns Sinnestaumel und scheue, tiefe Erkenntnis. Zwei Dollar fünfzig war geschenkt. Wir drängten uns vor, paßten uns dem Schritt der Menge an. Wir bereiteten uns im Herzen auf etwas Großes, Überwältigendes vor.

Plötzlich wurden wir von LaRoue getrennt. Lag das in unserer Absicht? Ich erinnerte mich daran, wie kleinlich sie sich im Auto verhalten hatte, wie sie sich geweigert hatte, uns etwas von den vier Kaugummistreifen in ihrer Tasche abzugeben; als Sils und ich durch das Tor gingen, an den Kartenabreißern vorbei, und die Richtung leicht änderten, drängte sich die Menge zwischen LaRoue und uns. Sie trottete lahm hinter uns her. Ich dachte, ich würde ihre Stimme hören, drehte mich aber nicht um. »He, ihr beiden. Wartet auf mich!«

Wir gingen zielstrebig weiter auf einen Hügel in Nähe eines Betonpfeilers zu, unser Lieblingsplätzchen, dort saßen wir bei Konzerten immer; wir lehnten uns an den Pfeiler, um Cola zu trinken; falls es zu nieseln begann, duckten wir uns unter der Logenrampe.

»Wo ist LaRoue?« fragte Sils.

Endlich drehte ich mich um. Ich konnte sie nirgendwo erblicken. Und mich verblüffte das Ergebnis meines Verrats, der Tatsache, daß ich sie voll und ganz an der Nase herumgeführt hatte. Wo war sie? Mit den Augen suchte ich die Konzertwiese ab, die sich vor lauter Gesichtern und Köpfen, Decken, Jacken und Kühltaschen leicht zu bewegen schien, und hinten am Rand glaubte ich, LaRoue auszumachen, allein und ohne Decke saß sie auf der Erde, fett und verloren.

»Ich weiß nicht, wo sie ist«, sagte ich. »Wir werden schon irgendwie nach Hause kommen«, sagte ich munter. »Wir können ja trampen.«

»Vielleicht«, sagte Sils zögerlich. »Ich wünschte, ich hätte einen Joint dabei.« Statt dessen zündete sie sich eine Salem an und gab mir ebenfalls eine.

Als Vorprogramm der James Gang trat Linda Ronstadt auf, und die ganze Zeit über unterhielten sich die Leute einfach weiter, als sei sie bloß ein Mädchen aus der Gegend, das es irgendwie auf die Bühne geschafft hatte und nun als Pausenfüller diente. Als die James Gang endlich in Erscheinung trat, stand die Menge auf und jubelte. Der Himmel war dunkler geworden, so daß die Bühne hell loderte wie ein Feuer im Kamin. Überall lag der süßliche Geruch von Hanf in der Luft. Die Jungs neben uns wollten gerne mit uns teilen, und wir nahmen abwechselnd den Joint, setzten unsere Lippen dort an, wo andere das nasse Papier berührt hatten, reichten ihn dann weiter wie einen Kommunionskelch oder eine Petition aus Asche und Speichel: eine große, rauchende Papierkugel, die gegen sämtliche Lehrer der Welt abgefeuert wurde. »Guten Abend, Ladies und Gentlemen!« Die Menge johlte und die Gruppe legte los.

In den nächsten Stunden klagten und jaulten die Gitarren zum Protest gegen all die Zwänge, denen wir in diesem Leben ausgesetzt waren. »Wahnsinn, einfach Wahnsinn«, flüsterten die Menschen um uns herum. Vier Jungen kletterten auf das Gerüst und ließen sich im Rhythmus der Musik vor und zurück schwingen, gelegentlich zappelten sie wild mit den Armen und Beinen. Diese Art zu tanzen hatte ich auch früher schon erlebt. Es lag am LSD – etwas, das mich zugleich erschreckte und faszinierte. »Willst du einen kleinen Trip, einen Zuckertrip, einen Trip zu den Zuckerbergen?« war ich in den Bars schon des öfteren gefragt worden. »Nein danke«, sagte ich immer. Obwohl ich sonst so leichtsinnig war, hatte ich doch Angst vor Chromosomenschädigung. Ich hatte Angst, aus Versehen eine völlig neue Spezies hervorzubringen. Ich glaubte all dem Geschwätz über die Schäden, die das gerade beim *genetischen Material* anrichten konnte – auch wenn sich später herausstellen sollte, daß es gar nicht stimmte.

Ich hätte oben bei den Jungs sein können.

Vom See kam eine kühlere Luft auf, und Sils und ich kuschelten uns wärmesuchend unter die Decke. Als ich ihre Körperwärme so nah bei mir spürte, fiel mir wieder ein, wie selten wir in letzter Zeit beieinander übernachtet hatten, ich in dem Schlafsack an ihrem Fußende oder sie an meinem, diese alltägliche Vertrautheit, die endlosen Gespräche in unseren dunklen Zimmern, die Friedhofsstille draußen vor unseren Fenstern und wir mit unserem Witzeln und Seufzen, bis wir schließlich Seite an Seite im Duett einschliefen, unser Atem im Einklang stockte. Ein einziges Mal nur hatten wir uns gestritten – sie hatte mich beschuldigt, ganz bewußt das Lachen einer anderen nachzuahmen, das Lachen eines Mädchens namens Leslie Fish. Sie beschuldigte mich, mit Leslie anbändeln und wie Leslie sein zu wollen, was in mir einen solchen Sturm der Entrüstung entfachte, daß ich Sils auf den Arm schlug und dann in Tränen aufgelöst nach Hause rannte; ich mußte das Ende der Woche abwarten, bis wir endlich wieder Freunde wurden.

Was das Lachen anbetraf, so hatte sie recht gehabt, und ich ließ es für immer bleiben.

Inzwischen waren alle auf der Wiese aufgestanden, auch

wir standen, in unser weites Decken-Cape gehüllt, während im gesamten Publikum Streichhölzer für eine Zugabe angezündet wurden, so daß der Boden um uns herum in der Dunkelheit aufstrahlte wie ein phantastischer Geburtstagskuchen, aber die Gruppe wollte partout nicht noch einmal auftreten. So packten wir unsere Sachen zusammen und schoben uns mit der Menge in Richtung Ausgang. Ich hielt vergebens Ausschau nach LaRoue, nun spürte ich meine Grausamkeit ihr gegenüber wie einen Splitter, der sich jahrelang in meinem hilflosen Gedächtnis festsetzen sollte, bis darüber Haut gewachsen wäre; was kann das Gedächtnis anderes tun? Es kann nichts tun: Es gibt zwar vor, die Wunden zu heilen, die deine Taten hinterlassen haben, doch kann es sie weder vergessen noch verarbeiten. Ich blickte in die Richtung, wo wir geparkt hatten, aber das Auto schien nicht mehr da zu sein.

»Laß uns ein Taxi rufen«, schlug Sils vor.

»Was meinst du?«

»Das Geld«, sagte sie. »Laß uns damit ein Taxi nach Hause nehmen.«

»Hier wird es doch jemanden geben, den wir kennen.« Ich war nicht bereit, das Geld dafür auszugeben.

»Wer denn?«

»Weiß nicht. Vielleicht Markie Russo und seine Clique«, sagte ich. Markie Russo war einmal in Sils verknallt gewesen, und ich war mir sicher, daß er Sils jederzeit gerne nach Hause fahren würde. Aber alle gingen zielstrebig auf ihre Autos zu, ohne daß ich jemanden wiedererkennen konnte. Wir liefen immer noch mit der Decke über den Schultern herum, wie Waisenkinder im Mittelalter.

»Da ist ein Telefon«, rief Sils, und so bestellten wir ein Taxi. Hiller's Taxi-Truppe. »Ich komme so schnell wie möglich«, sagte die Stimme am anderen Ende. Wir warteten direkt

vor dem Telefonhäuschen, rauchten Zigaretten, wippten mit den Füßen und schauten zu, wie sich die Menge zerstreute.
Der Taxifahrer, der uns abholte, war ein merkwürdiges Zwergenwesen: fast kahler, glänzender Kopf; Wurstfinger; der Körper gedrungen und kugelförmig; die Beine so kurz und krüppelhaft, daß eine besondere Vorrichtung an den Pedalen angebracht war, damit er überhaupt fahren konnte. Wir stiegen ein, nannten ihm meine Adresse, und er fuhr aus dem Parkplatz hinaus. Nach dem Konzert herrschte ein starker Verkehr, der sich an der nächsten Ecke in Nähe der Kreuzungsampel staute. In seinem Rückspiegel sah er, wie wir unser Geld nachzählten. Wir hatten vierzig Dollar mitgebracht und prüften, was übriggeblieben war.
»Wo arbeitet ihr Mädels denn?«
Ich sagte kein Wort. Ich schaute aus dem Fenster, über den Verkehr hinweg zum See.
»Storyland«, antwortete Sils. Das Gras hatte ihrer Stimme einen hellen, frechen Beiklang verliehen. »Ich bin da Cinderella«, fügte sie hinzu. Ich konnte sehen, daß sie ihn zum Spaß einfach ein wenig provozieren wollte.
»Stimmt das auch?« Er blickte wieder in den Rückspiegel, um sie in Augenschein zu nehmen, wie ich zuerst dachte. Statt dessen schaute er vor allem mich an. Als sei ich der Wächter oder der Dolmetscher. »Ich habe selbst mal da gearbeitet, als Humpty Dumpty – bevor sie diesen mechanischen Eierkopf aus Keramik aufgestellt haben.« Nun drehte er erwartungsvoll den Kopf zu uns um.
»Echt?« sagte ich.
»Sollen wir Sie denn Humpty nennen?« fragte Sils.
»Klar.« Er lächelte.
»Wir können Sie doch nicht Humpty nennen«, rügte sie. »Wir müssen Sie, hm – Humphrey nennen!«, und wir bra-

chen in Lachen aus, ein bekifftes, hämisches Lachen, doch er lachte mit; so saßen wir alle drei inmitten des nächtlichen Verkehrs da und lachten, unkontrolliert und hysterisch, wie Menschen, die im Leben selten das erreichten, was sie sich wünschten, allerdings auch nicht besonders hart darum kämpften. Wir konnten einfach nicht aufhören. Das Lachen – besonders seins – wuchs sich zu Tränen und Keuchen aus. Drei Narren aus Horsehearts – wie komisch! Wir konnten nicht aufhören. Selbst als unser Fahrer bereits verstummt war, fielen Sils und ich noch schnaubend gegen die Türen, während er seufzte und sich räusperte, uns wortlos und routiniert die fünfzehn Kilometer zu mir nach Hause fuhr. Ich dachte an jenen Tag in der fünften Klasse zurück, als unsere Physiklehrerin einige von uns zu Planeten erklärt hatte, um uns dann in der jedem einzelnen Planeten entsprechenden Position in der Stadt aufzustellen. Die Leihbücherei in der Innenstadt stellte die Sonne dar, und Jerry Murphy mußte als Merkur unmittelbar auf der Büchereitreppe stehen. Er war in Rot gekleidet und hielt ein kleines Schild mit dem Namen seines Planeten in der Hand. Sils war Venus gewesen und stand zwei Blocks von ihm entfernt vor dem Bürgerkriegdenkmal, in hauchdünnen Stoff gehüllt, der an Wolken erinnern sollte. Ich aber war Pluto und mußte mehrere Kilometer außerhalb der Stadt verharren, mitten auf dem Lande. Die Lehrerin hatte mich persönlich hingefahren. Und den ganzen Nachmittag stand ich da, in meinem schwarzen Gymnastikanzug, neben einer Milchfarm und einem Kornfeld, mit dem kleinen Schild in der Hand, auf dem Pluto stand. Lokalreporter kamen, um mich zu fotografieren, Sils' große Brüder fuhren hupend und tutend mit ihrem Auto vorbei. Obwohl mir das peinlich war, fühlte ich mich in diesem Moment Sils besonders nahe. Weil es ihre Brüder waren.

Weil wir uns beide gemeinsam im Weltraum befanden und ihre Brüder vorbeigekommen waren, um mich zu sehen. Aus unerfindlichen Gründen empfand ich es nun, da wir im Taxi zusammen mit dem Fahrer lachten, genauso. Ich hatte das Gefühl – vielleicht lag es auch am Hasch –, daß wir alle Planeten im selben Sonnensystem waren – mehr hatte ich von anderen Menschen nie erwartet oder verlangt, von keinem, niemals.
»Danke«, sagten wir beim Aussteigen. Und wir gaben ihm zwanzig Dollar Trinkgeld. »Nur, um ihn völlig aus der Fassung zu bringen«, flüsterte Sils.
»Meinst du, es ist uns gelungen? Haben wir ihn aus der Fassung gebracht?«
Er hatte die Scheine gar nicht gezählt. Er hatte sie unbesehen in seine Tasche gesteckt.
»Er wird schon nachsehen. Er wird schon sehen«, sagte Sils.
Als wir hineingingen, war Claude als einziger noch auf. Wie ein Kranker lag er auf der Couch, unter einer Decke, und sah fern. In den letzten sechs Monaten war er in der blassen, unproportionierten Art von Pubertierenden und Kletterpflanzen gewachsen – seine Gliedmaßen und Füße schossen aus Ärmeln und Hosenbeinen hervor wie Antennen. Aber noch war er ein kleiner Junge und voller Hemmungen. Ich hatte ihn schon immer in Verdacht gehabt, insgeheim für Sils zu schwärmen.
»Hi«, grunzte er, drehte den Kopf nur ganz leicht zu uns hin, wurde rot und wandte sich wieder dem Fernseher zu.
»Hi«, sagte ich.
»Hi, Claude«, sagte Sils mit leicht flirtendem Unterton.
»Hi«, wiederholte er.
»Ist LaRoue schon zurück?« fragte ich, plötzlich besorgt.
»Ja«, antwortete er zerstreut. Das war alles. Auf Zehenspitzen gingen wir in mein Zimmer zurück, versuchten, knar-

rende Dielen zu vermeiden, damit keiner von meinen Eltern die Treppe hinunterstürzen und uns eine Gardinenpredigt halten konnte, wir seien zu spät heimgekommen und überhaupt zeigten wir so wenig Rücksicht, was wir uns eigentlich dabei denken würden.

Als sie mir später wieder erschien – in Träumen, zusammen mit anderen Personen, oder in Gedanken an Freunde, die ich nicht mehr sah, die ich freiwillig aufgegeben und aus meinem Leben ausgeschlossen hatte –, erschien sie mir oft, sowohl im Schlaf als auch in Gedanken, wie am nächsten Morgen, als sie gleich nach dem Aufwachen ins Badezimmer stürzte und sich übergab. Fahl und schweißüberströmt kam sie ins Zimmer zurück, und ich gab ihr meinen Bademantel zum Überziehen. Er war aus weißem Seersucker, und ihr Haar legte sich in den Kragen, ein Pagenkopf, ein Rahmen, der sich wie eine Kapuze um ihr Gesicht legte. So sah sie oft im Winter aus, wenn sie einen Mantel trug: ihre Haare steckten in den Kragen, als seien sie plötzlich auf Kinnlänge abgeschnitten worden. Ich kannte alle ihre Frisuren und Tricks; sie hatte ungefähr ein Dutzend verschiedene, und ich kannte sie alle. Wenn ich sie sah, dachte ich immer nur: »Ach ja, heute die Variante.«

»Ich muß mir unbedingt einen Termin geben lassen und endlich hingehen«, sagte sie.

Ich brachte ihr Orangensaft, Eiswasser und Buttertoast, der vom energischen Streichen arg mitgenommen war.

»Ich werde dich begleiten«, versicherte ich ihr. »Wir rufen einfach Humphrey an und fahren hin.«

Genau das taten wir dann auch.

In der nächsten Woche ließ Sils beim Arzt in Horsehearts einen Schwangerschaftstest durchführen und bekam einen Überweisungsschein. Danach riefen wir Humphrey, unseren kleinen Taxifahrer, an und baten ihn, uns am Hintereingang von Horsehearts Park abzuholen, bei dem Teich, in den man angeblich die herzlosen Pferde hineingeworfen hatte. Dort schließlich sprangen wir in unser Taxi nach Vermont.

»Schön, euch Mädels wiederzusehen.« Wir fuhren zunächst die alte Boston Post Road entlang, danach ging es durch Ackerland und Berge weiter, an kleinen Obstplantagen und Friedhöfen mit frommen weißen Kirchen und Gräbern vorbei. Die Hin- und Rückfahrt sollte fünfundsiebzig Dollar kosten, inklusive Trinkgeld. Ich weiß noch, wie ich an längst vergangene Zeiten dachte, als Frauen wegen eines Hutnadelstichs an Hirnhautentzündung starben, und auch daran, wie schwer es selbst heute war, ein Mädchen zu sein, diesen Körper mit sich herumzuschleppen, dem es ständig an etwas fehlte – Wunden, die Behandlung, Köpfe, die Behütung erforderten, lauter Eingriffe, Korrekturen.
»Ja, auch schön, Sie wiederzusehen«, sagte ich.
Die Landschaft rollte an uns vorbei, sie wirkte zeitlos, und ich fühlte mich darin wie Robin Hood. Rauben, zahlen, verschenken: als Spiel hatte Diebstahl durchaus einen Reiz. Seine Regeln auch. Doch ich hatte das Gefühl, sie zu beherrschen. Die Einhaltung dieser Regeln löste einen reinen, mystischen Rausch aus, den ich in mir aufsteigen, abklingen, wieder aufsteigen spürte.
Wir hatten die Adresse der Klinik – Elm Street 217, Rutland –, und wir hatten sechshundertfünfzig Dollar in kleinen Scheinen dabei, Fünfer und Zehner, ein paar Zwanziger. Sils trug eine von meinen Blusen – eine grüne geblümte Bluse mit angekrausten Ärmeln und einer Reihe winziger Knöpfe. Sie hatte es so gewollt. Sie hatte vor meinem Kleiderschrank gestanden und die Bluse vom Bügel

gezerrt. »Kann ich die hier für meine Abtreibung anziehen?« hatte sie gefragt, und vor lauter Verblüffung hatte ich nur »Klar, wenn du magst« gesagt, obwohl ihre Bitte mich erschreckt und den Gedanken an Blut in mir wachgerufen hatte. Ich war mir nicht sicher, die richtige Entscheidung getroffen zu haben. Aber nun saß sie in dieser Bluse neben mir, und sie stand ihr weitaus besser als mir, ihre Brüste wölbten sich üppig darin, während meine stets frierend und schaudernd unter dem lose fallenden Stoff verschwanden.

Wir fuhren durch Hope, Argyle Hall, Mount Bliss und East Creek, wo sich die East-Creek-Puppenklinik befand; als ich klein war, hatte meine Mutter meine Puppen zur Reparatur in dieses alte viktorianische Haus gebracht, in dem sich die kaputten Puppen bis zur Decke stapelten – Barbies und Babys, die mit glänzenden Augen übereinanderlagen, im Wohnzimmer, auf den Treppenstufen, die in das obere Stockwerk führten, auf den Fensterbänken. Die alte Frau, die dort lebte, sammelte Puppen wegen der Ersatzteile, vorwiegend Augen und Gliedmaßen. Lädierte Puppen brachte man einfach zu ihr, damit sie sie über Nacht wieder herrichten konnte. »Wir werden sie über Nacht hierbehalten und ihr eine Tasse Tee geben, dann erholt sie sich bald.« Sie war zwar mürrisch und tatterig, aber ein magisches Blinzeln ließ ihr Gesicht sanfter erscheinen, und so jagte sie den Kindern keine Angst ein; die alte Frau setzte damit die Gerüchte außer Kraft. Vor allem Erwachsene, die keine Töchter hatten, wußten nämlich nicht so recht, was sie von ihr halten sollten. Ihr Haus wirkte wie das einer Hexe, mit Spinnen auf der Veranda und einem Schwarm Fledermäuse, die bei Einbruch der Dunkelheit aus ihrem Schornstein geflogen kamen.

Als wir an dem Haus vorbeifuhren, fragte ich mich, ob die

alte Frau wohl noch immer da war. Inzwischen waren zehn Jahre vergangen – wie alt mochte sie heute wohl sein? Ich erinnerte mich daran, wie ich vor Jahren Schachteln draußen hinter dem Haus gesehen hatte, Schachteln, die entweder nur mit Armen, nur mit Beinen oder nur mit Augen gefüllt waren, und fragte mich, wie es wäre, diese Schachteln jetzt wiederzusehen, besonders auf dieser Fahrt, von diesem Taxi aus. Ich verrenkte mir den Hals danach, während das Taxi vorbeibrauste, und konnte in dem vorderen Fenster Köpfe, Gesichter und winzige Kleider erkennen. Das Haus war immer noch weiß mit rosafarbenen Zierleisten; immer noch standen auf der Veranda eine Hollywoodschaukel und im Hof ein Wunschbrunnen, doch waren nebenan eine Tankstelle und eine Qwik-Stop-Bude hinzugekommen.

»Da steht die Puppenklinik«, seufzte Sils, »in ihrer ganzen billigen Ironie.« Cheap Irony, billige Ironie, hieß die ehemalige Band ihrer Brüder.

»Ja«, sagte ich. Ich drehte mich wieder zu ihr, um sie anzusehen, aber sie wandte sich schnell ab, stützte sich an der Armlehne auf und blickte hinaus auf den heißen Asphalt. Damals gab es in ganz Horsehearts in keinem einzigen Gebäude eine Klimaanlage. Nach jedem Sommerregen drang Feuchtigkeit in das Holz ein – in das Fachwerk, das Gebälk. Bei den Fenstern wellten sich Rahmen und Kreuze. Die Treppenstufen und Geländer wurden wie Brei, der Lack leimig, die Türen klebrig und auf einmal trapezförmig. Von der dampfenden Hitze beschlug das Glas, sämtliche Kräcker im Haus wurden weich. Ohrwürmer krochen aus ihren Ritzen hervor und an Spülbänken entlang. Die heißen Teerdächer und gummibezogenen Regenrinnen erfüllten die Luft mit einem nassen, verbrannten Geruch. Doch hier, in diesem Taxi, gab es eine Klimaanlage. Alles war klar und rein – ein Luxus, der uns den Ernst unserer Lage vergessen ließ. Als hätten wir eine kleine Reise gewonnen, die wir nun ungeachtet unserer persönlichen Sorgen antreten mußten, eine kühle, erfrischende Fahrt, die wir nicht verpassen durften. Wir sprachen kaum. Hin und wieder schaltete Humphrey irgendwelche Musik ein – »A Horse with No Name« hörten wir beinah ganz –, aber in den Bergen war der Empfang schlecht, so daß er das Radio meistens wieder ausmachte. Normalerweise wäre die Stille wohl durch unser Singen unterbrochen worden, aber ich wollte erst anheben, nachdem Sils den Anfang gemacht hatte. Um diesen Moment abzupassen, suchte ich immer wieder ihren Blick. »La-la-la-la-la-la«, trällerte sie einmal zum Spaß, hörte dann aber sofort wieder auf.

»Lu-lu«, sang ich. »Li-li.«

Wir fuhren an verrußten alten Bauernhöfen vorbei, an Obstgärten und Kornfeldern. »Wir könnten alle drei einen Froschchor singen«, schlug ich laut vor. Ein Froschchor entstand, wenn jeder der Beteiligten unablässig einen Gemüsenamen wiederholte, wobei alle gleichzeitig, aber in verschiedenen Tonhöhen sangen, so daß ein lustiges Spektakel erklang. *Tomate, Tomate, Tomate. Pfifferling, Pfifferling, darauf gebe ich keinen Pfifferling.* Sils warf mir einen finsteren, vernichtenden Blick zu, der »Mach dich nicht lächerlich« besagen sollte. Dann blickte sie wieder aus dem Fenster.

Mein Gott, wie viele Momente gab es doch im Leben, die besser anders verlaufen wären.

»Rutland! Wir sind da!« rief Humphrey. »Wie war doch gleich die Adresse?«

»Elm Street«, sagte Sils schnell und sah dabei ein wenig blaß aus. »Zweihundertsiebzehn.« Sie hatte sich diese Nummer eingeprägt wie eine Schloßkombination. Als unser Taxi vor dem Eingang hielt, sprang sie sofort hinaus, schwang sich den Beutel über die Schulter und entfernte sich schnell.

»Warten Sie hier«, sagte ich zu Humphrey und fragte mich, was es wohl für ein Gefühl sein mochte, von zwei Mädchen herumkommandiert zu werden.

»Wo immer Sie wollen«, antwortete er. Ich gab ihm fünfunddreißig Dollar und stieg dann eilig aus, um Sils und meiner grünen Bluse bis zum Eingangsschild der Klinik zu folgen.

Nachdem Sils sich angemeldet und ich der Krankenschwester mein ganzes Geld ausgehändigt hatte (bis auf zwei Zwanziger für die Taxirückfahrt, die in der Vordertasche meiner Shorts steckten) und die Krankenschwester das Geld vor unseren Augen auf dem Tresen des Empfangsschalters nachgezählt hatte, setzten wir uns in alte braune Ledersessel und warteten darauf, daß Sils' Name aufgerufen wurde. Ich hatte ein Kartenspiel mitgebracht, und mindestens zwanzig Minuten lang spielten wir Honeymoon Bridge, erst gewann ich, dann Sils, bis das Spiel mit einem Unentschieden beendet werden mußte.

»Silsby Anne Chaussée?« las eine Krankenschwester von ihrer Klipptafel ab, obwohl wir im Warteraum die einzigen waren.

»Bye«, piepste ich.

»Bye«, quiekste Sils zurück.

Eine Zeitlang wartete ich dort und las Broschüren – »Schwangerschaftsverhütung«, »Was Sie über Geschlechtskrankheiten wissen sollten« –, während die Hitze des Raumes sich in Schweißperlen auf meiner Oberlippe kondensierte. Schließlich rannte ich wieder hinaus, um mich in Humphreys klimatisiertes Taxi zu setzen.

Ich kletterte auf den Rücksitz und knallte die Tür zu. Die

eiskalte Luft hatte eine angenehme Schockwirkung. »Hi«, sagte ich. Was er wohl von uns halten mochte, von unserem Vorhaben? Er verriet es mit keiner Silbe. Er blickte unverwandt nach vorn, durch die Windschutzscheibe, nur gelegentlich schaute er in den Rückspiegel.

»Ich warte lieber hier«, erklärte ich.

»Soll mir recht sein.« Er rutschte auf seinem Sitz hin und her.

»Hätten Sie Lust, Honeymoon Bridge zu spielen?« fragte ich ihn.

Er drehte sich leicht nach hinten um, und ein schiefes, nicht gerade einnehmendes Lächeln legte sich auf sein Gesicht. »Wie geht denn das?«

Ich hoffte, daß er sich nicht als pervers erweisen würde. Man konnte nie wissen. »Ich bring's Ihnen bei«, sagte ich lehrerhaft und stieg mit den Karten in der Hand aus, um mich vorne neben ihn zu setzen, teilte die Karten aus und erläuterte die Regeln.

Zehn Minuten später rutschte er aufgeregt auf seinem Sitz hin und her. »Langsam krieg ich den Dreh raus«, verkündete er. Seine kurzen Beinchen zuckten vor freudiger Erregung.

»Ist ein tolles Spiel«, erwiderte ich, obwohl ich ständig verlor, nicht hoch genug reizte.

Nach ungefähr einer Dreiviertelstunde klopfte es gegen das Fenster. Es war Sils, die erhitzt und verärgert wirkte, und ich sprang heraus, um sie zu begrüßen. Ich legte meine Hand auf ihren zarten, braungebrannten Oberarm.

»Alles in Ordnung?«

»Wo warst du?« fragte sie.

»Ich bin rausgegangen, weil es hier kühler ist.«

Humphrey streckte den Arm aus, um die Hintertür zu öffnen, und wir schlüpften beide hinein, Sils eher vorsichtig, ich mit einer gewissen Eilfertigkeit, während ich immer noch mein Blatt in der Hand hielt. Humphrey reichte mir die restlichen Karten. »Alles erledigt? Fahren wir jetzt zurück?«

»Ja«, sagte ich.

»Können wir unterwegs vielleicht anhalten und eine Cola trinken?« fragte Sils geistesabwesend.

»Klar«, sagte ich.

»Kein Problem«, fügten Humphrey und ich in einem Atemzug hinzu, so brachten wir am Ende doch noch einen Froschchor zustande.

Während der ganzen Rückfahrt versuchte ich, einen Blick auf Sils zu erhaschen, um zu erkennen, ob sie sich verändert hatte. Inzwischen hatte sie so viele Dinge durchgemacht, die mir fremd waren, daß ich mir mehr denn je den Kopf darüber zerbrach, inwiefern sie mich noch gern haben konnte, noch die alte geblieben war oder sich überhaupt noch an das zu erinnern vermochte, was wir gemeinsam unternommen hatten. War da womöglich ein Gespenst, ein amphibisches Baby-Gespenst, das hinter uns herflog, über uns hinweg, die ganze Strecke lang bis nach Hause, wie ein Drachen? Unter Sils' Armen zeichneten sich in meiner grünen Bluse dunkle Schweißflecken ab. Ihre Haare waren fettig geworden und fielen vorne strähnig auseinander. Ich beugte mich vor, um meine Sandalenriemen zu lockern, und als ich aus dieser Haltung zu ihr aufblickte, konnte ich ein winziges goldenes Insekt in ihrem rechten Nasenloch ausmachen, das im Dunkeln schwebte wie ein Stern – fremd und einsam, taumelnd und beredt, ohne ein Wort zu verlieren.

Fünf Meilen hinter der Staatsgrenze von Vermont fanden wir ein Drive-in-Lokal – Custard's Last Stand –, und dort stiegen wir alle drei aus, um eine Cola zu trinken, betreten saßen wir an einem der Picknicktische im Freien. Wir hatten Humphrey das Geld gegeben, und er war aus dem Wagen gestiegen, von der Hüfte aus hinkend, um die Getränke zu holen. Wir hatten dieses dicke, zerbrochene Ei von einem Mann – ein menschliches Omelett! – abkommandiert, doch er schien daran Gefallen zu finden. Als er wieder bei uns saß, nippte er langsam an seiner Cola, erwartungsvoll. Er schaute freudig in die Runde, neugierig, was wir wohl als nächstes sagen würden, als wären wir für ihn ein Quell ständiger Unterhaltung und Überraschung. Hinter uns lagen die Green Mountains, vor uns die Adirondacks, und obwohl die Sonne in den Bergen früher unterging, war es erst fünf Uhr, der Höhepunkt eines langen Sommernachmittags, und vor neun Uhr würde es nicht dunkel werden. Noch vier weitere Stunden Sonnenglut, und dieser Tag – den ich allmählich mit dem Schwindelgefühl eines Kranken zu spüren bekam, der durch ein Minutenraster fällt und durch die Zwischenräume nach oben blickt, zu einer Welt, die immer weiter in die Ferne rückt, dabei von Lichtstreifen geteilt wird – wäre vergangen. Ich war nicht mehr ich selbst. Ich fühlte mich unter der Oberfläche versunken, in einem Meer von Atem und Gasen.

An diesem Abend mußte ich im Storyland arbeiten, ausnahmsweise hatte ich die Schicht von sieben bis zehn Uhr für eine andere Kassiererin übernommen, die zu einer Party gehen wollte. Allerdings hatte sie Isabelle gesagt, ihre Tante sei gestorben und sie müsse zur Totenwache gehen.

»Macht's gut, Mädels«, waren Humphreys letzte Worte, bevor er uns beide vor dem Storyland absetzte. Dort wartete auch schon Mike, der Sils abholen wollte.

»Wo bist du gewesen?« brüllte Mike über seine aufheulende Harley hinweg, und ich sah, wie sie matt und entkräftet auf

sein Motorrad kletterte. Sie vergaß, mir zu winken. Erst als sie bereits die halbe Straße hinuntergefahren waren, drehte sie sich um und winkte.

Das Storyland wimmelte von Leuten, aber der Umkleideraum war leer, und ich streifte meine groteske Uniform ganz offen und unbeschwert über, ohne mich länger zu verstecken, ohne mir das Hemd wie einen riesigen Kranz um den Hals zu legen, damit mein Oberkörper verborgen blieb. Ich ließ meinen ganzen Körper kurz in der Luft dieses Raumes aufatmen, wie ich es zuvor aus lauter Scham über mein kindliches Aussehen noch nie getan hatte. Als ich mein Ebenbild in einem der Spiegel erhaschte, die neben einer Reihe von Schließfächern angebracht waren, konnte ich sehen, wie schlaksig und dünn ich war, ein Knochengerüst; ich hatte dunkle Ringe unter den Augen, Mückenstiche auf meinen spindeldürren Armen, blaue Flecken am Schienbein. Aber meine Haare waren eine einzige Wolke, bauschig von der Hitze, wildgelockt, und das allein gab mir das Gefühl, allmählich zu erblühen, eine Blüte zu sein, die aus dem eigenen Kopf hervorsproß, aus der Schädeldecke, wie eine Anemone, deren reine Gedankenkraft im Wasser forschende Knospen trieb: Ich war nicht länger ein Mädchen, das nichts zu denken oder zu tun hatte. Bevor ich mit meinem Strohhut, meiner Uniform und meiner Geldkassette hinausging, war ich für die Dauer einer Atempause eine andere.

Ich erzähle einen Witz über eine Frau in mittleren Jahren, die im Wald auf einen Frosch trifft. »›Küß mich! Küß mich!‹ sagt der Frosch, ›und ich verwandle mich in einen schönen Prinzen!‹«

Die Frau starrt ihn zwar fasziniert an, rührt sich aber nicht von der Stelle.

»›Was ist denn los?‹ fragt der Frosch, der allmählich die Geduld verliert. ›Willst du etwa keinen schönen Prinzen?‹ ›Tut mir leid‹, sagt die Frau, ›aber nach allem, was ich erlebt habe, ist ein sprechender Frosch viel aufregender.‹«

»Jetzt kapier ich«, sagt Daniel. »Der ist lustig. Der ist gut.«

Ich ergreife seine Hand, führe sie an meinen Mund und presse sie dagegen. Auf Reisen wird der Körper deines Mannes zu deinem eigenen; du verbindest dich mit ihm, verschmilzt mit ihm, und du hast mit ihm den gleichen Ärger, den dir auch dein eigener bereiten würde. In solchen Zeiten wird aus Reisen Liebe, Anverwandlung, die zweite Hochzeit – nicht länger eine bloße Ausrede, die einem deprimierten Menschen erlaubt, jeden Tag dieselben Kleider anzuziehen. Was es ansonsten durchaus sein könnte.

Jeden Morgen weckt uns das gurrende Turteln der Tauben. »Zeit zum Aufstehen«, flüstert Daniel mir zu. Wir beobachten, wie die Tauben mit angelegten Flügeln von den Fenstersimsen springen, als wollten sie tauchen, um dann in letzter Minute doch noch die Flügel auszubreiten.

»Machen die das wegen der Aerodynamik?« frage ich. »Machen die das, um mehr Schwung zu bekommen?«

»Aus Faulheit«, sagt Daniel. »Sie sind einfach nur faul.«

Hier im Marais wachen wir morgens früh auf und gehen abends früh ins Bett. Uns fehlt das National Public Radio. Uns fehlt die Mülltrennung, so dumm oder einfaltig das klingen mag. Alles, was wir hier benutzen, wird zwangsläufig weggeworfen, und das stört uns; wir sind unserer Rituale beraubt, Kompostieren und Wiederverwerten, unserer täglichen Opfergänge ins Freie, zum Abfallhaufen, um der Erde Fragmente ihrer selbst darzubringen, Natur zurück zur Natur! Wir begehen das globale Osterfest, auf daß alles wieder auferstehe! Obwohl wir es ernst meinen und damit Ernst machen wollen, haben wir den Komposthaufen eigentlich nie genutzt: er dient nur der Gewissensentlastung.

Während wir hier für drei Wochen in gewissenloser Sünde leben. Touristische Vergeudung, einheimische Vermessenheit. Wir verzweifeln am Kleingeist der Pariser, und wenn er noch so sehr auf Überzeugung beruht – anders als der Kleingeist von Amerikanern, der von Ignoranz, Egoismus herrührt, dem Problem verzogener, dummer Kinder.

Abends ist Daniel müde von der medizinischen Konferenz im Institut de Génétique. Als Forscher ist er seit neuestem vor allem am Tay-Sachs-Gen interessiert, das wir beide in uns tragen – das, was Juden und Frankokanadier gemeinsam haben (»Wir werden unserer Tochter einfach erzählen, daß wir sie im Einzelhandel und nicht beim Grossisten erstanden haben«, sagt Daniel, nachdem wir die beschwerlichen Pfade des Adoptionsverfahrens ausgekundschaftet haben, während das leere Zimmer im Obergeschoß, das wir »Vielleicht's Zimmer« nennen, leer bleibt und unser Verlangen höflicher wird, zurückhaltender, den Umständen Rechnung trägt). Nun hat er den Eindruck, daß die Konferenz sich festgefahren hat, weil sich einige um die Leitung des Institutes zanken und andere interne Machtkämpfe austragen. »Die ganzen Lügen und das ganze Kaffeetrinken, damit überhaupt etwas geschieht«, haben ihn, wie er selbst sagt, restlos erschöpft. »Schnell, eine Trüffel!« ruft er.

»Immerhin führst du den Kampf des Gerechten«, tröste ich ihn.
»Ich weine die Tränen des Gerechten.« Er seufzt.
»Du könntest es nicht besser machen.«
Ich bringe ihm eine Variante von Honeymoon Bridge bei, die, mit der Sils und ich uns früher die Zeit vertrieben haben. Wir schreiben zwar keine Punkte auf, aber beide versuchen wir zu gewinnen. Wenn er ein schlechtes Blatt auf der Hand hat, läßt er sich nach vorne sinken und seufzt: »Diese Hand ist ein Fuß!«, den Spruch hat er von einem verruchten Onkel. Das – zusammen mit unseren galloamerikanischen Sprachwitzeleien und Pépé-LePew-Parodien – sorgt für unsere Unterhaltung, für vergnügliche Momente; so erholen wir uns von den schäbigen Streitereien und beleidigten Blicken, wenn wir uns wie Touristen darüber ereifern, wo wir hingehen, wo wir sind, Fragen, die nicht länger metaphorischen Charakter haben, sondern wörtlich zu verstehen sind, während wir dazu wütend mit dem Finger fuchteln und uns gegenseitig die Stadtpläne aus den Händen reißen.
Am Mittwoch morgen beschließt Daniel, vor seinem Meeting noch einen *gymnase*-Club aufzusuchen. Er steht zeitig auf, gemeinsam mit dem kehligen Gurren der Tauben, der himmelweißenden Sonne, den gemächlich rollenden Müllwagen und der Siamkatze auf dem Dach des Nachbargebäudes, deren Schrei entfernt an ein Baby erinnert, während sie gegen ein Fenster kratzt, um hereingelassen zu werden. Daniel ist nervös und reizbar geworden. »Das könnte eine tolle Stadt sein«, sagt er zum Frühstück bei einer Tasse *café crème,* »wenn sie nur alle Spanisch sprechen würden.« Seine Stimme klingt bitter. »Aber warum muß auch jedermann überall in dieser Stadt das Brot anfassen? Du gehst Brot kaufen, und der Bäcker faßt es an, der

Kassierer faßt es an, der Verkäufer überreicht es dir, und du selbst klemmst es dir schließlich unter die Achsel, gehst wieder raus, und auf der Straße stößt du damit ständig gegen andere Passanten. Wie können wir bloß eine medizinische Konferenz in einer Stadt abhalten, in der das Brot so unhygienisch ist?«

Damit schlüpft er nicht nur aus Spaß in die Rolle des häßlichen Amerikaners. Das ist einfach Daniels Art. Wie wenn er sich zu Hause darüber beklagt, daß er die Spülmaschine ausräumen muß: »Das ist nicht im geringsten zeitsparend. Warum hat bis jetzt noch keiner etwas erfunden, das die Dinger gleich im Geschirrschrank spült?« Er hat die Angewohnheit, alle Mängel und Tücken unserer modernen Welt anzuprangern. Allerdings hat er auch den Wunsch, alles zu glauben, was er liest. Er steuert vorzugsweise Lokale an, in denen ein Schild verheißt *On parle anglais ici*. »Aber *On* ist nie da. Ist dir das schon mal aufgefallen?«

»Du kommst hier prima zurecht«, sage ich. »Sieh das doch einmal so: die Franzosen lieben Jerry Lewis. Dich werden sie *anbeten*.« Die Welt in Kursiven. »Stell dir das Ganze als *Ein Arzt in Paris* vor. Als Musical.« Doch scheinen selbst die Kursiven ihre Kursivität zu verlieren: sie richten sich hoch auf, geben sich, als seien sie wörtlich zu verstehen, als etwas Reales. Treffsicher.

Er schaut mich zweifelnd an und wendet sich ab. »Das Wetter ist prima«, äußert er hellauf begeistert. »Man braucht zwar eine Jacke, aber man muß sie nicht zumachen!« Dann fügt er dunkel hinzu: »Es liegt an diesem Deportationsmahnmal. Das verrät dir alles über die Pariser.« Das Deportationsmahnmal im Schatten der Notre-Dame hatten wir vor zwei Tagen plötzlich vor Augen, und es hat uns die Sprache verschlagen. »Und noch was: ist dir je aufgefallen, was in Paris das höchste aller Komplimente ist? ›Oh, Sie sprechen ja so gut Französisch, ohne jeden *accent*!‹«

»Das ist grauenhaft«, stimme ich ihm zu. »Unverschämt.«

»Das ist mehr als unverschämt«, erwidert er. »Das ist wie Völkermord.« Und damit hat er recht, denke ich. Er hat recht.

Mit meinem mittelmäßigen Französisch und meiner – offenen! – Lederjacke versuche ich, möglichst einheimisch zu wirken, und begleite ihn in das Sportcenter, um ihm ein bißchen zu helfen: Wir entrichten die Gebühr, und ich frage die Frau am Schalter, ob darüber hinaus noch Bedingungen oder Regeln einzuhalten sind. Sie lächelt. Sie blickt Daniel an. »Die einzige Bedingung ist, daß Sie ein glücklicher Mann sind«, erwidert sie. Sie ist solariengebräunt und trägt einen orangeroten Body.

»Bye«, rufe ich ihm zu. *»Au revoir.«* Ich bahne mir meinen Weg alleine über die knöchelbrecherischen Pflastersteine der belebten Seitenstraßen; meine Lederjacke quietscht wie ein Sessel. Vielleicht sollte ich einen Einkaufsbummel machen – die Rendezvous-Alternative für verheiratete Frauen. Vielleicht sollte ich mich der Jacke entledigen und in den Museen umherschweben wie eine Sylphide oder ein Luftballon.

Leute rempeln mich an, und ich sage »Huch« oder »Hoppla« – Worte, die Parisern unverständlich bleiben müssen, auch wenn sie das erste sind, was mir einfällt. Beinahe immer. Bei jedem Anlaß.

Ich gehe langsam, wegen meiner Hüfte.

Wenn ich an den Cafés und Restaurants vorbeikomme, gerate ich in den Brennpunkt verliebter Männer, die einen Moment lang die Augen von ihrem geliebten Gegenüber abwenden, um eine bessere Formulierung zu finden, ohne

zu bemerken, daß sie ihren Blick dabei wie einen Lichtstrahl auf mich richten. So fühle ich mich, nachdem ich zufällig ihr Verlangen gespürt habe, durch dessen Strom geschwommen bin, ihn durchquert habe, für einen flüchtigen Moment geliebt, auf eine warme und willkürliche Weise, ich bin hindurchgegangen, als sei es ein Regenbogen, dieser uralte Trick mit dem Licht, oder eine Stelle im Schwimmbecken, an der jemand gepinkelt hat. Diesem Verlangen haftet eine Spur süßer, stiller Verwesung an.
Davon abgesehen ist es schwer, durch ein Meer von Französinnen zu stapfen, deren Schuhe und Frisuren erlesen sind, deren Zähne keine kieferorthopädischen Eingriffe erfordern, deren Gesichter ohne optische Geräte auskommen, Französinnen, die ein überwältigendes, kurzsichtiges, entwaffnendes Vertrauen in ihre eigene Schönheit setzen, das sie vielleicht hübscher erscheinen läßt, als sie in Wirklichkeit sind. In einer solchen Stadt ist es schwer, für sich einen Platz zu finden.
Die Bäume sind Kandelaber. Das Gebäck Kunst.
Nach einer Weile beginnt man hier, einen bestimmten Geruch zu verströmen: leicht säuerlich und nach altem Mann, wie damals unser kleiner Taxifahrer, was wohl mit dem Essen zusammenhängt, den Weinen und *chèvres.* Mein Körper kämpft gegen das Reisen an, bedient sich der Waffen eines Obdachlosen, die Grenzen sind dünn, der Körper hat sein eigenes Wissen, seine Verirrungen, Abwehrmechanismen: der weinhaltige Schweiß, der käsige Kot. Er hält mich am Laufen, dann zwingt er mich zum Sitzen, immer und immer wieder, er hat seine eigenen Rhythmen und Bedürfnisse.
Meine Hüfte schmerzt noch von dem Sturz im letzten Dezember, der angeknackste Knochen ist launisch und wetterfühlig, aber wenn es nicht anders geht, hinke ich

eben. Vielleicht werde ich mich irgendwo an eine Wand lehnen und um Münzen betteln.
»Paris«, höre ich einen Touristen im Vorbeigehen sagen, »das ist ein einziges Fitneßgerät, ein einziger großer Stair-Master.«
In einem der Programmkinos am linken Seineufer findet ein Audrey-Hepburn-Festival statt, und überall sehe ich die Plakate hängen: Audrey Hepburns große Augen, ihr großer Mund. »Ist dir eigentlich aufgefallen«, hat Daniel gefragt, »daß sie wie Anne Frank aussieht?« Nun habe ich das Gefühl, überall in der Stadt Bilder von Anne Frank zu sehen: Anne Frank im schwarzen Rollkragenpullover. Anne Frank im Abendkleid. Die Essenz von Paris, würde Daniel wohl sagen, da hast du's: Anne Frank im Abendkleid. Die Kursiven verlieren ihre Kursivität.
Die Blumenbeete sind voller Stiefmütterchen, die mit ihren dreieckigen schwarzen Herzen an Hitlers Schnurrbart erinnern. Ich gehe in die *pâtisseries* und kaufe mir Gebäck mit ulkigen Namen: Divorce, Religieuse, Gland. Die Divorce-Törtchen haben es mir besonders angetan – halb Kaffee, halb Schokolade –, und ich sitze im Luxembourg, esse meine diversen Divorces, beobachte, wie die Kinder alles mögliche in den Teich werfen. Die Tulpen, zu großzügigen, prächtigen Ovalen gepflanzt, wirken so bedrohlich, daß man um seinen Schmuck fürchten könnte. Es sind auch Schulgruppen auf Klassenfahrt da, die Mädchen sind albern und müde, sie fallen einander auf den Schoß, zupfen sich gegenseitig an den Haaren. Die Jungen stehen einfach herum, sie sehen traurig aus, wie im Exil.
Ich stehe auf und laufe weiter, zurück über den Fluß: die Aussicht auf beide Seiten der Stadt ist hinreißend und tröstlich. Unweit des Louvre, der wieder einmal gereinigt wird, immer gereinigt wird, hat man zwei Engel

und einige Putten versetzt, sie stecken in verschlossenen Kisten am Ausgang der Tuilerien; man kann hingehen und sie durch die Latten betrachten, wie sie königlich dasitzen, ein Zoo von heidnischen Heiligen, deren geflügelter und eingesperrter Zustand auf die Nachwehen einer himmlischen Palastrevolte schließen läßt. *Au,* denke ich insgeheim. *Au.*

Klingt wie *Huch. Hoppla. Hoppala.*

Ich gehe in den Louvre, aber bleibe nicht lange. Er ist so anders geworden. Ich habe lange genug gelebt, um zu sehen, wie sich die großen Museen verändern: ihre Anbauten und Eingangshallen, die Plazierung und Gruppierung der Kunstwerke. Meine persönliche Erinnerung an eine Reise vor zehn Jahren ist unterdessen eine abgewetzte alte Münze geworden. Wer wird sie behausen? Wer wird das Museum der Museen behausen, um uns zu zeigen, wie die Museen einst waren?

Ich beschließe, mit der Metro zu fahren und meine Freundin Marguerite zu besuchen, die Malerin und Graphikerin ist, halb Französin, halb Amerikanerin, und eine Wohnung unweit des Bois de Vincennes hat. Ich rufe sie vom Châtelet aus an. *»Allô, oui?«* meldet sie sich, was für mein ungeschultes Ohr klingt wie *A lui,* zu ihm, zu Gott, eine religiöse Formel, ein Fluch oder ein Spruch zum Schutze des Sprechers, doch später erklärt sie: »Oh, nein. Man sagt das nur für den Fall, daß der Anrufer das *»allô«* nicht gehört hat. Franzosen trauen der Technologie nicht.«

»In einem Land, das mit Atomkraftwerken *farci* ist?«

»Ah, oui«, sagt sie. *»Les contradictions.«* Ich habe Marguerite im College kennengelernt, und obwohl wir uns nicht besonders nahe sind, haben wir stets das Interesse und den Kontakt aufrechterhalten. Sie ist eine dieser Frauen, über die man von anderen gefragt wird: »Oh, wie geht es ihr?

Sieht sie immer noch so gut aus?« Von Anfang an dachte ich bei ihrem Anblick daran, wie Sils vielleicht werden würde, hätte werden können – Marguerite ist auch so groß und strahlend schön –, und so übertrage ich meine Schwärmerei auf sie, was bei erwachsenen Frauen nicht unbedingt angebracht, aber durchaus nützlich ist, wenn sie sich verzweifelt nach Zuneigung und Unterhaltung sehnen; jedes noch so bescheidene Freundschaftsritual kommt ihnen da entgegen. Zur Zeit ist Marguerite auf die Pariser Sozialhilfe angewiesen, die zivilisiert genug ist, Gutscheine für solch unentbehrliche französische Einrichtungen wie Kinos und Restaurants zu vergeben; obwohl sie das nicht gerne zugibt, hält sie mit einem Auge Ausschau nach einem reichen Ehemann. Ihr kann ich alles nachsehen, was ich bei jeder anderen abstoßend fände.
»Du erkennst mich an meinem Tropenhelm«, sage ich vor dem Einhängen und frage mich, was das wohl bedeuten sollte.
Ich steige aus der Metro und laufe die drei Blocks bis zu ihr. Sie sitzt draußen an der Ecke vor ihrem Haus, eigentlich eher wie ein Teenager denn wie eine Vierzigjährige. Sie hat sich die Haare abschneiden lassen, an einer Seite ausrasiert, und mit ihren großen antiken Ohrringen gelingt es ihr, die langen Haare anderer Frauen schlampig, reizlos und langweilig erscheinen zu lassen. *»Bonjour, mademoiselle!«* rufe ich zur Begrüßung und fühle mich beim Näherkommen plötzlich förmlich werden; ich strecke die Hand aus, meine Finger sträuben und versteifen sich, wie eine Handvoll Messer und Gabeln. Zum Glück springt sie auf und nimmt mich in die Arme, gibt mir zunächst den einen obligaten Kuß auf die Wange, dann zwei, drei, vier. »Vier sind jetzt angesagt«, erklärt sie.
»Ich brauche Dramamine für vier«, erwidere ich.

»Das ist französische Liebe!« sagt sie und nimmt mich beim Arm, führt mich durch die verschlossenen Tore und Türen. In ihrer Wohnung bietet sie mir Wasser an, zeigt mir ihre Arbeiten, ihre Siebdrucke, ihre jüngste kulinarische Kreation *(terrine de lapin:* Hasenschale) und sogar ihr neues Make-up, teuer und japanisch.
»Toll«, sage ich laut und einsilbig zu allem. »Toll!« Sie fuchtelt mit den Pinseln und Bürstchen herum, den Lippenstiften und Fläschchen, brüllt »Geht mir aus der Sonne, ihr Französinnen!«, was mich zum Lachen bringt, weil sie ohnehin so schön ist und weil sie für mich schon immer französisch war. Sie zeigt auf ihren kurzen Rock. »Ich muß nicht meinen Stil verleugnen, nur weil dieses Jahr züchtig und sittsam Trend ist.«
Ich lächle. Ihre Beine können sich sehen lassen. »Tu das bloß nicht«, rate ich ihr.
Sie will mich durch die Galerien in ihrem Viertel führen, um mir zu zeigen, was in einer musealen Kultur »heutzutage für Dynamik sorgt«.
»Toll«, sage ich. So verlassen wir die Wohnung, schließen die Tür ab, trotten in der Gegend herum. Wir besuchen eine Ausstellung mit dem Titel »Was Mir Außer Narzißmus Bleibt, Lautet Meine Frage« – eine Sammlung seltsam silbriger Spiegel. Eine andere besteht nur aus einer Anhäufung zahlloser toter Tauben. Der Künstler, so die Galerie in ihrer Pressemitteilung, sei ein ehemaliger Obdachloser, und mit seinem Werk räche er sich an den Tauben, die ihm früher das Brot aus der Hand gestohlen haben. Nachdem diese Installation eröffnet wurde, teilt uns die Broschüre beruhigend mit, habe der Künstler ein Stipendium erhalten.
»Alles in Ordnung?« fragt Marguerite, als sie meinen Gang bemerkt. »Hast du eine Blase an deinem Touristenfuß? Hast du etwa diese *dessous*-Bläschen?«

»Nur eine alte Verletzung vom Winter.« Ich beginne zu lügen. »Ich bin auf den vereisten Stufen ausgerutscht, als ich zur Arbeit ging.«

»Bei der Historischen Gesellschaft?«

»Ja.« Die Wahrheit kann ich ihr nicht erzählen. Oder doch? *Kann ich dir die Wahrheit erzählen?* würde ich zunächst fragen. Und sie würde sagen: *Bien sûr.* Und ich würde ihr erklären, daß nach wochenlangen Kämpfen und monatelangem Türenknallen, genau wie in einem turbulenten Boulevardstück, Daniel mich die Treppe hinuntergestoßen hat.

Non, tu blagues! würde sie rufen. Und ich würde weitererzählen.

Non, je ne blague pas! Konnte ich es ihr erzählen? Ich war mit Daniel auf einer Cocktailparty im Ärztezentrum gewesen, dort, wo er früher sein Labor gehabt hatte. Im Ärztezentrum stank es immer, ein Krieg der Substanzen, und ich fühlte mich dort nie wohl. Er flirtete mit einer anderen Frau, und ihr Ehemann wandte sich mir zu, voller Überschwang sagte er: »Seine Nummer bei der Arbeit ist wohl im wahrsten Sinne des Wortes eine Nummer bei der Arbeit.« Er war betrunken und blinzelte mich wehmütig an. Dann begann er zu singen, »Every Valley Girl shall be exalted«, was für die Ohren seiner Frau bestimmt war. Sie würden sich streiten, sobald sie wieder zu Hause waren. Als Daniel seinen Flirt beendet hatte, ging ich zu ihm und sagte: »Laß uns gehen, ich muß was essen.«

»Warum mußt du was essen?« fragte er, verstrickt in das absurde Drama sinnloser Selbstbehauptung, zu dem unsere Ehe allmählich geriet.

»Warum *ich für meinen Teil* etwas essen muß?«

»Genau.«

»Weil ich, wenn ich nichts zu essen bekomme«, sagte ich erbost, »kotzen muß, denn ich habe zuviel getrunken.«
Als wir nach Hause kamen, schleuderte ich meine Handtasche auf den Küchenboden. »Ich glaube, ich sollte mit Earl einen Termin vereinbaren«, sagte ich. Earl war Earl Gray, ein Scheidungsanwalt, den jeder in der Stadt Mr. Tea nannte. Ich dachte, daß ich keine Angst vor einer Trennung hätte. Meine Verlobung mit Daniel hatte jahrelang gedauert und war immer wieder gelöst worden.
»Gut«, sagte Daniel, und da standen wir in dem Neonlicht, grünlich und kaum zurechnungsfähig. Ich wurde scharfzüngig und unsachlich, eine unglückliche, aber unausweichliche Kombination. Am Anfang war das Wort, und das Wort war vorwurfsvoll. »Ich halte das nicht aus«, sagte ich schließlich, »nicht zu wissen, was du machst, mit wem, was es dir bedeutet. So kann ich nicht leben. Es ist, als würde ich mit einem Wolf leben, den ich mir im Keller als Haustier halte – nur, daß er kein Haustier ist, ja nicht einmal ein Wolf, er ist ein Atomkraftwerk!« Ich war betrunken. »Eins von diesen fehlkonstruierten!« Ich marschierte durch die Küche und riß die Kellertür weit auf, in dem kläglichen Versuch, das Ganze zu veranschaulichen, wenn schon nicht zu beweisen. »Wie viele andere Frauen hat es außer mir gegeben? Ich will die Wahrheit wissen! Die Wahrheit!«
Er rührte sich nicht, er schwieg, ich tat ihm leid. Dann sagte er: »Ich kann dir die Wahrheit nicht sagen.«
»Wie meinst du das, du kannst mir die Wahrheit nicht sagen? Warum kannst du sie mir nicht sagen?«
»Weil du schockiert wärst«, erwiderte Daniel. Nun sah er abwesend und verdrießlich drein. »Nicht *überrascht* – einfach schockiert.«
Ich stürzte mich auf ihn. Mit beiden Fäusten hämmerte ich

auf ihn ein, und er schüttelte mich mit solcher Wut und Entschiedenheit ab, daß ich nach hinten in das offene Treppenauge stolperte, das zum Keller führte, meine Füße traten ins Leere, mein ganzer Körper war im Fallen begriffen, flog rückwärts auf den Wolf und das Atomkraftwerk zu, die Welt schwankte, langsam und schnell zugleich, ein winziges Lichtrechteck mit Daniel in der Mitte, und dann nur noch der dunkle Kellerraum, das trommelnde, dumpfe Schlagen von Hüfte, Kopf und Schuhen auf den Stufen, schleifend und gleitend, bis ich endlich auf dem Zementboden zu liegen kam, ich lag auf der Seite, unter Schock, sagte: »Huch, hoppla, huch.«

Vielleicht war das in Ansätzen zu erwarten gewesen, vorhersehbar; selbst schlechtes Benehmen muß sich, wenn auch unbewußt, innerhalb eines gewissen Rahmens bewegen, damit es nicht monströs erscheint. Danach bat mich Daniel um Vergebung, er weinte und besuchte mich jeden Tag stundenlang im Krankenhaus. Er vollzog die netten Rituale, die uns zusammenhalten sollten; er wußte genau, daß ich ihn sonst nicht zurücknehmen konnte. Nachdem die Buße aber erfolgt ist, hat man keine andere Wahl, zumindest am Anfang nicht. »Denk doch an all diese guten, betenden Menschen, die Gott für unsereins erhalten«, sagte Daniel, der neben meinem Bett auf Knien lag. »Gott hat keine andere Wahl; er muß sich den Gepflogenheiten beugen; gäbe es hier unten nur noch uns respektloses Gesindel, wäre er schon längst fort. Aber wegen der Guten bleibt er am Ball. Die Lobpreisungen, die Gelübde nimmt er ernst. Stell dir vor, du seist Gott. Stell dir vor, ich sei das moralische Durcheinander, das die Menschheit charakterisiert.«

»Oh, bitte nicht.«

»Na gut, dann stell dir vor, ich sei – was? Ich weiß es nicht.«

»Kennst du diese Sahnebeutel, die Divorces heißen? Diese Scheidungstörtchen?« frage ich Marguerite.

»Ich hab sie schon mal gesehen.«

»Die sind einfach toll. Können wir sie irgendwo bestellen?« Letztes Jahr, auf einer Dinnerparty in Chicago, habe ich einmal erlebt, wie eine jungverheiratete Frau ihrem Mann ständig ins Wort fiel, um spielerisch zu quengeln: »Schätzchen, können wir unsere *Scheidungstorte* jetzt bestellen? *Bestellen* können wir unsere Scheidungstorte doch schon?« Ich war die einzige, die sie witzig fand. Ich war die einzige, die jedesmal lachte. Als der Abend zu Ende war, beugte sie sich an der Tür vor und küßte mich auf den Mund.

»Klar! Ich kenne eine sehr gute *pâtisserie* ganz in der Nähe.« Marguerite geht mit großen, kräftigen Schritten, es ist unmöglich, da mitzuhalten. Wir gehen in ihre *pâtisserie,* bestellen fröhlich zwei *Divorces,* dann setzen wir uns draußen vor dem benachbarten *tabac* und trinken dazu *panachés* (halb *bière,* halb *limonade).* »Ist Paris nicht unglaublich?« sagt Marguerite. »Wo sonst findest du etwas wie ein *tabac,* Kaffeebar und Schreibwarenladen in einem? Das Besondere an Frankreich ist, daß sie bei allem, von der Liebe über das Essen bis zum Rest, wirklich Ahnung haben, was zusammengehört. Sieh dir doch einmal die ganzen roten und violetten Farbtöne an – die Gärten, die Eingangshallen, die Seidentücher. Nicht jeder Kultur ist dieses Wissen gegeben, daß Rot und Violett so gut zusammenpassen.« Sie hält inne. »Natürlich ist dieses Land auch total sexistisch.«

»C'est dommage«, erwidere ich, den Mund voller Divorce. Ich erwähne die schweifenden Blicke der Männer, das allgegenwärtige Begehren, in dem die Französinnen sich sonnen, baden können.

»Das Schlimmste ist aber«, sagt Marguerite, »wenn auf der

Straße ein Mann an dir vorbeigeht, dich abschätzend mustert und sagt: ›*Pas mal.*‹ *Pas mal!* Du fühlst dich aus hundert verschiedenen Richtungen angegriffen.« Pause. »Zum Beispiel rechnest du damit, daß das Niveau auf der Straße immer weiter sinkt.«

Ich lache albern. Ich habe zuviel Süßes gegessen. Marguerite bestellt Wasser – »Château Chirac« – (offenbar ein Witz, den in Paris jedermann kennt, weil er kaum noch als Witz gewürdigt wird). Der Kellner deutet ein schwaches Lächeln an und geht in die Küche. Château Chirac ist nicht länger lustig; es ist Wasser; es ist das, womit Wasser bezeichnet wird; es ist das, was Wasser ist. Und es bringt mich auf die Frage, wie vieles wohl auf diese Weise begonnen hat, als Witz. Liebe, Jugend, Ehe, Leben, Tod; vielleicht sieht Gott zu uns hinab und sagt: »He, ihr da unten, lacht doch mal. Das ist *lustig.* Ihr habt den falschen *Ton* gewählt.«

»Ich kann mein Herz niemand anderem geben als dir«, teilte mir Daniel im Krankenhaus mit. »Ich hab's natürlich versucht. Aber jedesmal legen die anderen Organe mit Protestbriefen los.«

»Spiel nicht den Schlaumeier«, sagte ich. »Nicht jetzt.«

»Was ist dein Lieblingsgemälde in ganz Paris?« frage ich Marguerite. Inzwischen ist der Liter Wasser eingetroffen, und wir spülen es hinunter. Sie sieht erfrischt aus.

»Laß mich mal überlegen«, sagt sie. Sie nennt Géricault, van Gogh, Picasso.

»Alle die mit *o*«, bemerke ich.

»Alle die mit *o*! Da fällt mir ein, im d'Orsay hängt ein Pastell von Madame Monet mit losen Hutbändern. Das ist wahrscheinlich mein Lieblingsbild. Sie sitzt auf einem strahlend blauen Sofa – das schönste Blau, das dir je untergekommen ist –, und sie blickt geradewegs aus der Zeichnung nach vorne, als ob sie sagen wollte: ›Ich habe einen

Maler geheiratet und dieses Sofa trotzdem bekommen.‹ Ich mag das. Sehr französisch.«
»Findest du nicht, daß die Venus de Milo wie Nicolas Cage aussieht?«
»Ein bißchen«, sagt sie lächelnd. »Doch darfst du eins nicht vergessen: trotz ihrer Mängel, trotz ihrer Scheu hat sie lange in Paris gelebt; sie war jahrelang den Blicken der Pariser ausgesetzt, und so glaubt sie natürlich – ein Glaube, der Gold aufwiegt –, daß sie eine vollkommene Schönheit ist.«
»Vollkommene Schönheit?«
»Recht hübsch. Meinetwegen. Sie glaubt, sie sei recht hübsch. Sie glaubt, sie sei so *gottverdammt* hübsch.«
»Wie hältst du das aus? Selbst bei einer Statue halte ich das einfach nicht aus.«
Wir gehen in weitere Galerien, wo Marguerite mir die Arbeiten zeigt, die ihr gefallen: große, breite, kraftvolle Bilder. »Die sind sexy«, sagt sie.
Bei einer Ausstellung von Collagen – filigrane, aufwendige, komplexe Miniaturen, geschnitten und geklebt, mit Tintenschnörkeln und Farbklecksen versehen – gehe ich von einer Arbeit zur nächsten, langsam und fasziniert, doch Marguerite ist gelangweilt. Sie nähert sich mir von hinten. »Siehst du, die gefallen mir nicht«, sagt sie. »Sie haben keine *sexuelle* Energie.«
Ich drehe mich um und blicke sie an. »Siehst du, für mich sind sie *voller* sexueller Energie«, und dann brechen wir beide in Lachen aus, unser Lachen dröhnt in dieser Galerie, wo andere flüstern wie in einer Kirche.
»Mag sein – man fühlt sich ungefähr wie ein Fußfetischist«, sagt Marguerite.
»Genau«, entgegne ich. *»Exactement.«*
Anschließend fahren wir zum Père-Lachaise, um Jim Morrisons Grab zu besuchen, wo ständig Biergelage abgehalten

werden und wo so viele Kronkorken zerdrückt und in die Erde gestampft wurden, daß sie inzwischen eine Art Münzteppich ergeben. Über den Klang einer verstimmten Gitarre hinweg, auf der ein barfüßiger Deutscher herumklimpert, erzählt mir Marguerite, daß sie eigentlich am liebsten Filme machen würde. Sie weiß auch, welche Art Film sie gerne machen würde – Geschichten über die Algerier im Jahr 1962: wie sie außerhalb von Paris in Lagern zusammengepfercht wurden; wie viele von ihnen getötet wurden, verschwanden. Wie selbst heute noch in der Pariser Banlieue Afrikaner in bunten Skihosen die Giftmüllarbeiten verrichten, in den Fabriken und Kernkraftwerken, wie Paris auf den Rücken dieser Menschen gebaut wird und floriert, auf der Basis einer abscheulichen Geschichte. Die Nazis, nun gut: über die Nazis weiß jedermann Bescheid. Für diese Tatsachen findet man keinen Platz, keinen, der angemessen wäre. Nur das persönliche, traurige Entsetzen, die wertlose moralische Überheblichkeit – die nichts bewirken kann. Die schlechten Weltnachrichten finden keinen Platz, wie die meisten schlechten Nachrichten. Man heftet sie an das Bekanntmachungsbrett in seinem Herzen. Man sagt *sieh doch,* man sagt *sieh hin.* Mehr nicht.

»... und wenn die Produktionsgesellschaft zustande kommt, dann würde ich gerne mit einigen von den Dokumentarleuten zusammenarbeiten«, sagt Marguerite, »und diesen Film machen.«

»Marguerite«, sage ich. »Das ist toll.« *Das ist toll.* »Das mußt du unbedingt machen.«

Von Horsehearts nach Paris, denke ich und starre an die Decke. Ob vor mir überhaupt jemand diese beiden Orte in ein und demselben Gedanken zusammengebracht hat?

»Ich habe über unsere Gene nachgedacht«, antwortet

Daniel, als ich ihn frage, wie die Konferenz denn heute gelaufen ist. Wir liegen im Bett und finden keinen Schlaf. Man hört Autoalarmsignale, Motorradalarmsignale, Diskolärm. Unten auf der Straße singt eine Frau: »Ief I ken mek iet sähr, oil mek iet ennywähr, iets op tuh you, New York, New York.«

»Ja«, sage ich.

»Vielleicht ist es so für uns am besten. Abgesehen von dem Tay-Sachs. Sieh dir die Gene doch an. In deiner Familie kommen Diabetes und schwache Herzen vor.«

»Das böse Blut nicht zu vergessen.«

»Stimmt genau. Böses Blut. Und in meiner Familie liegt, tja –«

»Arroganz und Nichtzuhörenkönnen«, werfe ich ein.

»Arroganz und Nichtzuhörenkönnen.« Er lacht seufzend auf.

»Hattest du einen schönen Tag mit Marguerite? Woran denkst du gerade?« fragt er. »Hat's Spaß gemacht? Keine Sorge. Ich kann die gesamte Unterhaltung aus eigener Kraft bestreiten. Du brauchst mir nur zuzuschauen.«

»Ich habe Marguerite wirklich gern«, sage ich.

»Ich weiß.«

Ich seufze, ziehe mir die Decken bis zum Kinn hoch.

»Ist das alles? Mehr hast du nicht auf dem Herzen?«

»Da wäre noch *Manon Lescaut«,* sage ich. Letzte Woche haben wir eine Aufführung in der Bastille-Oper gesehen.«

»Manon Lescaut?«

»So würde ich gerne sterben«, sage ich. »Meinen ganzen Schmuck anlegen und vom Wahnsinn singen.«

»Würdest du gern?«

»Mit meinem ganzen Schmuck bedeckt? Sicher.« Vermutlich würde ich im wahren Leben in einem Bademantel sterben, den Telefonhörer in die Halsbeuge geklemmt.

»Kenne ich dich überhaupt?« fragt Daniel. »Du trägst doch gar keinen Schmuck.«
»Aber ja.«
»Eine Uhr. Du trägst eine Uhr. Viel Lippenstift und eine Uhr.«
»Eine hübsche Uhr.«
»Wunderschön«, sagt Daniel jetzt schläfrig. Die Luft in unserem Zimmer ist feucht von den Regengüssen; meine Haare werden davon bauschig und zerzaust wie bei einer Dirne, aber Daniels Haut wird perlend und blaß, nur bei Tag kommt Farbe in seine Wangen, wenn er hektisch von einem trockenen Ort zum nächsten hastet. Er wirkt zart und jung an meiner Seite.
Ich spreche weiter. »Weißt du, das ist das *einzige,* was Manon nicht getragen hat: eine Uhr. Uhren sind in der Welt der Soprane kaum vertreten. Ist dir das jemals aufgefallen? Tosca? Keine Uhr. Madame Butterfly? Auch keine Uhr.«
Er hört zwar nicht mehr zu, aber ich lasse mich davon nicht abhalten. Wir haben die Rollen getauscht. »Wenn man jeden in *La Bohème* mit einer Armbanduhr ausstatten könnte, würde man ein Happy-End bekommen.«
»Würde man?«
»Klar«, sage ich. »Der Kerl würde bestimmt nicht von seinem Mantel singen. Er würde auf die Uhr sehen und ›Jeeii!‹ rufen.«
»Dem würde ich nur zu gerne lauschen. Einer hübschen Arie, die das Wort ›Jeeii‹ enthält.«
Daniel mag eigentlich keine Opern. »Was mir liegt, ist Philosophie«, verriet er mir einmal. »Philosophie ist wunderbar. Nur diesen ganzen Existenzkram mag ich nicht. *Existieren wir wirklich?* Das finde ich zum Kotzen. Aber ich mag Das Gute Und Das Böse. Ich mag Was Ist Kunst. Aber nur ein wenig Was Ist Kunst. Zuviel davon, und man erreicht

über gewundene Pfade sofort wieder *Existieren wir wirklich?,* was ich wiederum zum Kotzen finde.«

»Ich freue mich nicht besonders darauf, nach Hause zurückzufahren«, sage ich nun.

»Wirklich nicht?«

»Ich fühle mich in letzter Zeit von allem abgeschnitten, in dem Haus, in der Stadt. Die Nachbarn rufen: ›Hallo, wie geht es Ihnen?‹, und manchmal sage ich: ›Oh, ich fühle mich heute ein wenig leer, und wie schaut's bei Ihnen aus?‹«

»Du solltest dir einen Welpen anschaffen«, sagt er schläfrig.

»Einen Welpen?«

»Ja. Ist was anderes als die Katze. Einen Welpen kannst du in der Gegend ausführen, und die Leute bleiben stehen, lächeln und sagen: ›Oooh, sieh mal einer an – was *fehlt* Ihrem Welpen denn?‹«

»Was fehlt meinem Welpen denn nun?«

»Er hat Würmer, glaube ich. Kann ich nicht genau sagen. Du hättest ihn schon vor Wochen zum Tierarzt bringen sollen.«

»Du bist so gemein.«

»Tut mir leid, wenn ich deinen Erwartungen nicht entspreche«, murmelt Daniel.

Ich halte inne und denke darüber nach. »Na ja, ich entspreche deinen Erwartungen auch nicht, also sind wir quitt.«

»Nein«, haucht er leise, »du schon. Du entsprichst genau meinen Erwartungen.«

Doch schon ist er über die Schlafklippe gefallen und schnarcht, seine Polypen arbeiten wie ein Gesichtsmotor, ein Sicherheitssystem, das die Funktion einer weißen Flagge erfüllt.

In den ersten Julitagen fing Isabelle an, überraschend vor meinem Kassenschalter aufzukreuzen und einfach stehenzubleiben, um mich zu beobachten. Das dauerte ungefähr fünf Minuten, dann ging sie wieder in ihr Büro zurück.
Es machte mich nervös. Der Park war voller Menschen. Die Warteschlangen waren lang. Ich hatte die Geldmasche aufgegeben, nun ja, beinahe, hin und wieder griff ich darauf zurück, wenn Sils und ich zum Dinner in ein nettes Restaurant gehen wollten – das Lafayette Café, das General Montcalm Inn –, wo wir uns Surf n' Turf und gebackene Kartoffeln mit Sauerrahm bestellten.
Am zweiten Juliwochenende aber geschah etwas Schreckliches, und Isabelle schien ein Weilchen völlig von ihrem neuen Problem absorbiert: in der Verlorenen Mine war nämlich ein Unfall passiert.
Die Verlorene Mine war eine Art Berg-und-Tal-Fahrt durch einen düsteren Tunnel oben in der Frontiersiedlung des Parks: beleuchtete Puppen, als alte Minenarbeiter verkleidet, knurrten einen mechanisch und geräuschvoll an, wenn man in einem der fünf Miniwaggons des kleinen Zuges an ihnen vorbeisauste. Diesen Sommer war ich zweimal damit gefahren: einmal am Anfang, zusammen mit Sils, und später allein, in der vergangenen Woche, als ich Pause hatte und mich einen Dreck um die Vorschriften scherte. Das Personal durfte diese Fahrten eigentlich nicht mitmachen, aber meistens war niemand da, der einen kontrollierte, und den Jungs, die das Ganze in Betrieb hielten, war es egal. Ich weiß nicht genau, was diese Fahrt bezwekken sollte, abgesehen davon, daß sie einen in die Dunkelheit führte, wobei sich das Rahmengeschehen darauf beschränkte, daß andere Menschen ihren Weg in dieser Dunkelheit verloren hatten und dort für alle Zeiten stekkengeblieben waren: wer die Verlorene Mine betrat (betre-

tene Mine, Verlorenes Spiel), konnte ebenfalls zu einem gefangenen Gespenst werden, die schlimmste aller Gespensterarten, wenn auch naturgemäß die gewöhnlichste. Das gefiel mir. Es gab mir das Gefühl, ich könnte dort alles Aufregende erleben, was überhaupt auf der Welt zu finden war.

Am siebten Juli, bei Einbruch der Dunkelheit, entgleiste in der Mine ein Waggon. Vom Haupteingang aus hörte ich zunächst den dumpfen Knall, und fünf Minuten später kam eine der anderen Kassiererinnen von ihrer Pause zurück, um mir das mitzuteilen. »Die Verlorene Mine!« keuchte sie. Sofort machte ich mich für die Pause fertig, schloß die Registrierkasse ab und ging mit meiner Geldkassette unter dem Arm zur Mine hoch, am Hans-Im-Glück-Pfad entlang; ich kam gerade rechtzeitig, um die Ankunft eines Krankenwagens mit Blaulicht vor dem Eingang der Minenfahrt zu sehen, während die Parkwärter mit Wasserschläuchen lange Blutspuren beseitigten und der Besitzer – der legendäre Frank Morenton persönlich – mit seinen weißen Haaren und weißen Schuhen dabeistand, eine überraschende Erscheinung in der wachsenden Dämmerung. Seelenruhig stellte er jemandem einen Scheck aus.

Die kleine Menge Schaulustiger, die sich inzwischen angesammelt hatte, wurde von einigen Cowboys (die jeden Mittag aufs neue einen Bankraub nachstellten, die Romanze von Diebstahl und Sonne, wie gut ich das kannte!) gebeten, sich zu zerstreuen. Es gebe keinen Grund zur Aufregung, sagten sie bestimmt, O-beinig in ihren Überziehhosen aus Leder, die Hüte bis zum Hinterkopf zurückgeschoben. Es sei alles unter Kontrolle. Bei den Cowboys war auch Markie Russo, derjenige, der letztes Jahr in Sils verliebt gewesen war.

Da ich noch fünf Minuten Pause hatte, ging ich weiter und legte mich auf den grasbewachsenen Hügel in Nähe des »Wild-West-Rodeo«, wo die Kinder auf Ponys reiten konnten. Die Kassierer sollten sich eigentlich nicht im Park herumtreiben, da sie in Gefilde kamen, in denen sie aus dem Rahmen fielen, die falsche Rolle spielten, doch hin und wieder konnte man es auf einen Versuch anlegen. Man konnte unversehens in die falsche Geschichte geraten – eine Situation, die meiner Ansicht nach im wirklichen Leben an der Tagesordnung war. Randi, die als Little Bo Beep immer wieder in das Dschungelsafarigebiet überlief, um sich dort mit einem Jungen zu unterhalten, den sie mochte. Sils, die eines Tages aus ihrem Palast geflohen war, um bei Alice im Wunderland eine Zigarette zu schnorren. Und ich: ich nahm meine Kassette überallhin mit; ich lungerte mit Sils herum, ich zog mich in den Damenumkleideraum zurück; für kurze Zeit hatte ich das Gefühl, daß alles Wesentliche hier und jetzt in Horsehearts zu finden war, auch wenn ich ständig grübelte, sinnlos Süßigkeiten fraß und mit Herpesbläschen zu kämpfen hatte.
Ich drehte den Kopf, um die Inschriften auf den nachgemachten Westerngräbern zu lesen, die auf dieser Seite des Hügels in Winkeln aufgestellt waren, die einen gewissen zeitbedingten Verfall suggerieren sollten. Ich konnte nur eine einzige Inschrift entziffern: *Fred mit den Füßen aus Blei. Er war zu lahm, nun ist der Tanz vorbei*. Über dem See wurde ein Feuerwerk abgebrannt, Tage später als ursprünglich vorgesehen – sicher, um für Ablenkung zu sorgen. (Vergessen Sie die Katastrophe in der Frontiersiedlung!) Ich schaute zu, wie die Feuerwerkskörper in den marineblauen Himmel explodierten: ein Stern, ein Herz, elektrisierte Meereskreaturen, glitzernde Glockenformen, granatfunkelnde Taranteln – bei jedem der verzögerte Knall, wie die

Pointe bei einem Witz, die pfeifenden und blitzenden aber glichen so sehr den sichtbaren Effekten des Krieges, daß sie mich erschreckten. Vielleicht war wirklich jemand gestorben. Ich nahm die Kassette und ging zu meinem Schalter zurück.

Am nächsten Tag stand in der Lokalzeitung von Horsehearts kein Wort über den blutigen Zwischenfall in der Verlorenen Mine, und auch am übernächsten Tag nicht, obwohl bei den Männern, die dort arbeiteten, das Gerücht kursierte, daß ein Junge beide Beine verloren hatte. »Morenton hat den Eltern einen Scheck über eine Million Dollar ausgestellt«, flüsterte Randi mir in der Mittagspause zu, und ich erkannte allmählich – wieder, von neuem – die bereinigende Macht des Geldes. Nach einer Woche war die Verlorene Mine wieder in Betrieb und der Unfall nur noch ein hartnäckiges Gerücht, nach einem Monat verflüchtigte sich das Gerücht bereits, bis es schließlich nur noch eine Legende war, wie aus alter Zeit. An meinem freien Tag ging ich nachmittags zu Sils, alles pulsierte dort, die Band ihrer Brüder spielte im Keller, das Schlagzeug und die elektrischen Gitarren ließen Fenster und Fliegengitter vibrieren. Gerade aus Kanada heimgekehrt, kam ihr Bruder Kevin, groß, mit struppigen, ockergelben Haaren, aus dem Keller herauf, sah auf die Küchenuhr und schluckte eine Pille. (»Er teilt sich seine Drogen genau ein«, sagte Sils. »Vielleicht bringt's ja was.«) Er sah mich hinter der Fliegengittertür stehen und schlenderte darauf zu. Er trug eine Drahtbrille mit blaugetönten Gläsern und eine Paisleyweste ohne Hemd. Er hatte einen Schmerbauch, und seine Haut war weißlich, amphibisch, mit seltsamen Haarwirbeln bedeckt.

»Ist Sils zu Hause?« fragte ich durch das Gitter.

»Die liebe Sils?« wiederholte er spöttisch, erheitert, als seien wir beide lustige kleine Säugetiere. »Klar«, sagte er, und ohne die Tür zu öffnen, drehte er sich einfach um und bellte: »Sils! Deine Freundin wartet an der Tür auf dich!«; dann ging er in den Keller zurück, aus dem die rhythmischen, jaulenden Rockklänge eines Gitarrensolos drangen, gefolgt von dem dunklen Beat eines elektrischen Basses, der Fenster, Rahmen und Kreuze erzittern und das Glas klirren ließ. Nur gut, daß die Chaussées neben einem Friedhof wohnten.

Sils kam die breite, graugestrichene Treppe des Hauses herunter. »Hi!« sagte sie, und aus heiterem Himmel umarmte sie mich fest. »Willst du was essen? Ich hab riesigen Hunger.«

»Gern«, erwiderte ich, wie immer um Entgegenkommen bemüht. Wir gingen in die Küche und suchten überall herum. Ihre Mutter hatte seit Wochen keine Lebensmittel mehr eingekauft, und es gab nichts, womit man einen Salat oder ein Sandwich hätte machen können. So behalfen wir uns wie schon oft mit rohen Kartoffeln, Fett und Salz – die Kartoffeln wurden geviertelt und geschält, das Mahl schwesterlichen Einfallsreichtums. Wir bestreuten sie mit Salz und bestrichen die Kanten vorsichtig mit Margarineklumpen. Eigentlich liebte ich diesen Imbiß: das kalte, glänzende Fett, die kühle, apfelartige Kartoffel; unsere Zähne sanken zunächst leise hinein, und dann kam der geräuschvolle Biß. Das feuchte Knacken, die Salzkörnchen, die an meinem Zahnfleisch rieben, hatten etwas Tröstliches. Bei Sils aßen wir oft rohe Kartoffeln – oben in ihrem Zimmer oder auch an der ramponierten Aluminiumeßecke in der Küche.

Diesmal nahmen wir sie mit nach oben. Wir saßen um einen vollen Teller auf ihrem Teppich und empfanden ironischerweise leichten Überdruß angesichts unserer Genüg-

samkeit. Der Nachmittag war sonnig und das Licht bereits gebrochen; es drang durch das Gitter vor ihrem Fenster und warf Diamanten an die Wand.
»Diamanten«, bemerkte ich. »Nicht gerade meine besten Freunde.«
»Herzen. Ich mag Herzen.« Sie sah ein wenig müde aus.
»Wie fühlst du dich?« fragte ich.
Sils zündete sich eine Zigarette an. »Nicht übel. Ich hatte Krämpfe, aber die sind vorbei.«
»Das ist gut. Kann ich eine Kippe schnorren?«
Sils reichte mir eine Zigarette. Ihr Blick war angsterfüllt. »Stell dir mal vor, was ich gefunden habe!«
»Was denn?« Ich füllte meine Lungen mit Rauch, aber vor allem genoß ich das Gefühl an Zunge und Zähnen.
Sils schluckte leicht und schauderte. »Einen Fetzen blaurote Haut in meiner Unterhose«, sagte sie.
Der verwirrte, erschütterte Gesichtsausdruck des Mädchens, das diesen Satz hervorgestoßen hatte, die Augen, die panisch meinem Blick standhalten wollten, ließen mich aufstöhnen; ich mußte mich abwenden.
»O Gott«, sagte ich. Und da mir nichts Besseres einfiel, fragte ich: »Wann denn?«
»Heute morgen«, erwiderte sie. Sie blies den Rauch durch die Nase, drückte ihre Zigarette im Aschenbecher aus, nahm sich ein Stück von den rohen Kartoffeln und biß hinein.
»Wenigstens ist es jetzt ausgestanden«, sagte ich. Auf Sils' Plattenspieler sang Joni Mitchell klagend »Little Green«. Sils hörte sich diesen Song in letzter Zeit ständig an, eine Art elegischer Soundtrack. Die Soprankadenzen und *oos* des Songs ließen uns immer wieder mit einstimmen, wenn ich gerade da war. »Little Green, be a gipsy dancer.« Zwanzig Jahre später sollte ich anläßlich einer Cocktailparty

erleben, wie sämtliche anwesenden Frauen, einzeln und gruppenweise, in den Song einstimmten, als er aus der Stereoanlage erklang. Sie unterbrachen ihre Gespräche, berührten einander am Arm, drehten sich zu der Ecke, in der die Lautsprecher standen, teilten singend ihre Erinnerung und Überraschung mit. Jede der Frauen kannte den Text, jedes einzelne Wort, und für die Männer war das ein Schock.

»Nun, wo waren wir stehengeblieben?« fragten sie alle, nachdem der Song zu Ende war.

»Du kannst Mike wohl nicht besonders leiden?« fragte mich Sils.

Ich fühlte mich ertappt. »Weiß nicht«, sagte ich.

»Komm schon«, sagte sie. »Du kannst es mir ruhig sagen.«

»Nur, daß er ... Ich weiß nicht. Er hat kein *Profil.*«

»Profil hat er schon«, entgegnete Sils. »Nur muß man es in ihn hineinprügeln.« Sie zündete sich eine weitere Zigarette an. »Aber das sollte bei Profil wohl eigentlich nicht nötig sein.«

»Nein«, sagte ich. »Eigentlich nicht.«

Sils' ältester Bruder Skip, der Drummer der Band, fuhr in die Einfahrt ein; er war auf ganz eigene Art laut und elegant zugleich. Auch er war gerade aus Kanada zurückgekehrt und konnte sich nicht recht entscheiden, ob er zur Band gehörte; auch er warf in der Küche Pillen ein und sah auf die Uhr, wenn er seine weißen und roten Tabletten mit Bier hinunterspülte. Er hatte seine Freundin Diane dabei. Wenn die Freundinnen dabei waren, belegten sie und Sils' Brüder das ganze Haus mit Beschlag, sie lagen engumschlungen auf den Sofas im Wohnzimmer, sie küßten und rieben sich aneinander, dösten vor sich hin.

»Laß uns hier abhauen«, sagte Sils, als sie Skip im Erdgeschoß hörte. Sie hatte Spätschicht und mußte erst in einer

Stunde aufbrechen. Mike würde sie abholen. »Laß uns spazierengehen.« So gingen wir aus dem Haus und liefen im Park herum, auf der Suche nach Pfeilkraut und Bovisten, bis es für sie Zeit war, zu gehen.

Am nächsten Tag war im Storyland wenig los – ein warmer Nieselregen hielt die Besucher fern –, und um fünf Uhr fuhr Mike Suprenante mit seiner Harley vor. Er nahm den Helm ab und schob sein Motorrad bis zu meinem Kassenschalter.

»Möchten Sie eine Eintrittskarte, *monsieur?*« Ich versuchte, witzig, freundlich zu sein, aber ich wußte genau, ich klang haßerfüllt.

»Ich will mich mal allein mit dir verabreden, um über Sils zu reden.«

Ich blickte ihn an und versuchte, mir nichts anmerken zu lassen. Insgeheim war ich erfreut. Mit diesem Vorstoß hatte er mich als ihre Beschützerin, ihre Vertraute anerkannt, als jemand, der ihr näher war als er.

»Wann können wir uns treffen?« fragte er ernst.

Ich fühlte mich stark. »Weiß nicht. Vielleicht heute abend.«

Herb, der Geschäftsführer, kam auf uns zu und stellte sich hinter das Tor, das für die Kartenabreißer bestimmt war. »Schaff das Ding hier raus«, rief er verärgert in Richtung des Motorrades.

Mike fing an, langsam zurückzusetzen. »Beeil dich mal lieber ein bißchen«, sagte Herb. »Fahrzeuge sind vor dem Haupteingang des Parks nicht erlaubt.«

Mike schaute mich an. »Zehn Uhr. Hier vor dem Haupteingang«, rief er mir zu. *»Ça va?«*

»Ja«, sagte ich, meine Stimme rauh und unsicher.

Mike setzte zurück, wendete, startete sein Motorrad und fuhr weg. Herb kam durch das Tor, pflanzte sich neben mir

auf und runzelte einfach die Stirn. Ich stand wortlos da, trat von einem Bein auf das andere.
»*Was ist?*« fragte ich schließlich dreist.
»Nie wieder Kumpels«, sagte er nur. »Nie wieder.« Dann lächelte er verlogen, ein einziges großes Zähneblecken, und schon war der aufgeblasene Kerl wieder verschwunden.

»Willst du was trinken gehen?« fragte mich Mike bei Toresschluß vor dem Haupteingang vom Storyland. Es regnete nicht mehr, und der Nachthimmel hatte aufgeklart. Weiter unten an der Straße war eine Bar namens Fort Ress, die einem Kerl namens Dickie Ress gehörte; Mike ging da gerne hin. Oder auch ins Sans Souci.
»Einverstanden«, sagte ich.
»Willste ins Ress?«
»O.K.«
»Willste bei mir aufsteigen?«
»Nein. Ich gehe zu Fuß.« Man mußte nur fünf Minuten den öffentlichen Strand entlanglaufen, um zum Ress zu gelangen.
»Wie du willst«, sagte Mike. Er grinste. »Ich such uns einen schönen Tisch auf der Terrasse aus. Einen, der nicht voller Vogelkacke ist.« Wieder grinste er.
Ich kniff die Augen zusammen. »Versprechen kann man viel«, erwiderte ich. In Horsehearts mußte man als Mädchen immer eine sarkastische Antwort parat haben, egal in welcher Situation.
Mike zwinkerte mir zu und brauste davon. »Das *Vrrum-Vrrum*-Gen«, hatte Sils an dem Tag erklärt, als der Auspuff von Mikes Harley ihr eine Narbe ins Bein gebrannt hatte. »Alle Jungs kommen damit auf die Welt. *Vrrum-Vrrum*.«
Ich trottete die Straße entlang. Es war nach zehn Uhr

abends, und der Himmel hatte immer noch eine bläuliche Farbe, durch die Bäume im Park hindurch drang das Singen der kleinen Lurche. Ein Froschchor. *Die Frösche singen ohne Grund, nichts anderes tun wir* lautete eine Zeile eines Gedichts, das ich in der Schule gelernt hatte, und ich stellte mir vor, wie diese Frösche nun in den Wald verstreut waren, ihre winzigen Augen funkelten wie Smaragdsplitter, während ihr pfeifender Gesang – Aufruf, aber auch sehnsüchtiges Wiegenlied – durch die Nacht hallte. *Hoppla, hops, hoppala.* Ich fühlte mich von dem Pochen und Trommeln begleitet, beschützt, während ich die Uferstraße entlang auf die Lichter von Marvys Minigolf zustrebte; von da an konnte ich das Quaken nicht mehr hören, nur noch Barlärm und die Golfer mit ihren breitrandigen Hüten.

Die Frösche. Jahre später sollte ich in der Zeitung lesen, daß die Frösche von der Erdoberfläche verschwanden, daß Forscher sie nicht einmal mehr in den entlegensten Gebieten finden konnten. Das sei als Warnung zu verstehen, stand in dem Artikel. Eine Froschplage, die gar keine war. Und ich dachte an die Spaziergänge an der Uferstraße zurück, die ich in dem erotischen Summen unzähliger Sommernächte unternommen hatte, wie berufen, bezaubernd und begehrt man sich da fühlen konnte, wie *offen,* selbst wenn man es gar nicht war. Das bewirkten die Frösche. Später kam es mir wirklich so vor, als hörte ich nur noch selten Frösche. Hin und wieder verirrte sich eine Grille auf die Veranda, aber das war auch alles. Das war etwas ganz anderes. Wir scheuchten sie dann mit einem Besen auf und kehrten sie hinaus.

Im Ress saß ich mit Mike draußen auf der Terrasse. Er hatte bereits zwei Bier in großen, gewachsten Bechern zum Tisch gebracht. Sowie zwei Gläschen Whiskey für den eigenen Bedarf.

»Ich weiß schon«, sagte er. Einen Whiskey trank er ex.
»Was?« fragte ich.
»Sils hat es mir gesagt. Das mit dem Baby.« Bei dem Wort »Baby« trank er den zweiten Whiskey aus. Es war höchst dramatisch.
»Was für 'n Baby?«
»Das, mit dem ihr nach Vermont gefahren seid. Sils hat es mir gesagt. Sie hat mir gesagt, daß sie schwanger war. Sie hat mir alles gesagt.«
»Da war kein *Baby*«, sagte ich nach einer Weile.
Der Whiskey zeigte schon Wirkung. Mike lehnte sich vor, sentimental und betrunken hing er über den leeren Schnapsgläschen, rollte mit dicken Fingern den gewachsten Rand seines Bierbechers auseinander. »Ich hätte mich um das Baby gekümmert. Ich hätte es großgezogen.« Er fing an zu heulen. Ich war erst fünfzehn und er neunzehn. Aber mir erschien er gefühlsduselig und lächerlich. Warum hatte Sils es ihm verraten? Ich war überzeugt gewesen, daß man es ihm auf keinen Fall verraten durfte.
»Vergiß es«, sagte ich. »Mach erst mal deinen Kram.« *Mach was aus dir*, hätte ich sagen können, aber damals war dieser Ausdruck noch nicht so geläufig. Statt dessen wiederholte ich den Spruch meiner Lehrerin aus der sechsten Klasse, als sie mich mit dem Lippenstift ertappt hatte. »Dafür bist du noch zu jung«, sagte ich, bedächtig, langsam, wie Sprechgesang.
»Ha!« stieß er hervor. Aber seine Weinerlichkeit ließ ein wenig nach, er lächelte betreten und versuchte sogar, mit mir zu flirten. Er tätschelte mir mit einer seiner großen Pranken den Kopf. »Du hast 'ne Menge Grips«, sagte er. »Und weißt du was? Mein Freund Arnie findet dich süß.« Bei der Verkündung dieser scharfen, ulkigen Neuigkeit grinste er schon wieder. »Wie findste das?«

Ich wußte nicht einmal mehr, wer Arnie war. »Ich muß jetzt los«, sagte ich und trank mein Bier aus. Ich wollte nicht wissen, wer Arnie war. Ich wollte Arnie weder kennenlernen noch mit ihm sprechen, er sollte mich nicht berühren wollen. Niemand sollte mich berühren. Da war nichts zu berühren.

»Du bist eine echte Freundin«, sagte er. »Du bist Sils' beste Freundin. Und so habe ich dich auf 'ne Art auch immer als meine Freundin angesehen.«

Er widerte mich an.

»Soll ich dich nach Hause fahren?« Er nuschelte, und sein schmieriges Grinsen breitete sich noch weiter aus, es wirkte schlichtweg schwachsinnig, doch vermutlich hatte man ihm einmal gesagt, daß es ganz im Gegenteil ungemein anziehend war.

Horsehearts lag fünfzehn Kilometer entfernt.

»Ich rufe ein Taxi«, antwortete ich.

»Oho, der *Taxi*-Typ?« Mike quietschte hämisch, um mir zu verstehen zu geben, daß er verstanden hatte. »Mit deinen kleinen *Extras*?« Er reckte die Hand hoch und rieb den Daumen gegen die Finger. Mein Gott, hatte Sils ihm denn *alles* verraten?

»Sicher doch.«

Ich ging hinein, um zu telefonieren.

»Ach ja«, sagte Humphrey. »Wie geht's, wie steht's?«

»Ich stehe oben am See, an der Ecke zum Strand, und will so schnell wie möglich hier weg.«

»Fahren?«

»Genau.«

»Bin gleich da.«

»Danke«, sagte ich.

Ich sah in meine Brieftasche. Viel war nicht übrig. Vielleicht würde ich morgen bei der Arbeit ein wenig Geld abzwacken müssen. Nur noch einmal, und dann wäre es damit vorbei. Dann würde ich für immer damit aufhören. Ich ging wieder hinaus und setzte mich Mike gegenüber an den Tisch, um auf mein Taxi zu warten. Das Ress hatte Lichterketten quer über die Terrasse gespannt, doch waren wir die einzigen, die in der mückenverseuchten Nacht draußen saßen, und die gezwungene Fröhlichkeit, die von diesen Lichtern ausging, wirkte höhnisch und deprimierend. Aus der Jukebox im Innern plärrte Steppenwolf.

»Willst du hier sitzen bleiben oder reingehen, oder was?«

»Ach. Geht's dich was an?« fragte er.

Ich gab keine Antwort.

»Arnie wollte später vorbeischauen«, sagte er neckisch.

»Wo ist Sils jetzt?« fragte ich.

»Guck an! Eine ganze Stunde hat es gedauert, bis du das gefragt hast. Ich scheine dir jetzt wohl besser zu gefallen. Ist dir eigentlich klar, daß ich bisher keine zwei Worte mit dir wechseln konnte, ohne daß du dich damit herausgewunden hast: ›Wo ist Sils?‹«

Von da an blickte ich einfach an Mike vorbei auf die Beach Road. Ich starrte so lange schweigend in die Nacht hinaus, bis ich Humphrey kommen sah, der langsam heranfuhr und nach mir suchte.

»Muß gehen«, sagte ich. Ich winkte ihm. Ich tätschelte ihm die Hand, drückte seine Schulter. Damals küßte man sich nicht auf die Wangen; man hätte sich nur lächerlich gemacht.

»Ja, *geh*«, sagte Mike, auf einmal mit anklagendem Unterton. »Zieh ab mit deinem teuren kleinen Killertaxi.«

»O Gott«, sagte ich, machte auf dem Absatz kehrt und ging weg, trottete auf die Kreuzung zu, winkte Humphrey heran, der gerade wendete und zum Parkplatz des Ress zurückfahren wollte.

»Wo ist deine Freundin?« fragte er, als ich einstieg.
»Heute abend bin ich allein«, sagte ich. Immerhin hatte ich einen Mann, der *mich* fuhr, der an der Straße allein auf *mich* wartete, auch wenn ich ihn dafür natürlich bezahlen mußte.

Am nächsten Morgen betrug die Temperatur um sieben Uhr bereits an die dreißig Grad. Wir hatten gerade eine Hitzewelle; sämtliche Ventilatoren, die meine Eltern besaßen, waren angestellt und verteilten die dicke Luft im ganzen Haus. Um halb acht klingelte das Telefon, und ich stürzte in den Flur, um den Hörer abzunehmen.
»Was hast du Mike gestern nacht erzählt?« Es war Sils. Ihre Stimme klang zwar kühl, aber am Rande der Hysterie.
»Weiß nicht. Ich glaube, ich habe ihm gar nichts erzählt. Was hat er dir denn gesagt? Was hast *du ihm* gesagt?«
»Arnie hat gerade angerufen. Er sagte, du und Mike hättet euch letzte Nacht auf einen Drink getroffen, und später hätte er weitergesoffen und herumgebrüllt. Dann ist er völlig blau weggefahren und hat mit seinem Motorrad einen Unfall gebaut.« Hier begann Sils zu weinen, leise, wie unter Schock. »Er liegt auf der Intensivstation, mit Schläuchen und allem. Er wird vielleicht sterben.«
Mike: Was für ein Vollidiot.
»Oh, mein Gott«, sagte ich statt dessen. Die Auto- und Motorradunfälle der Jungs waren in Horsehearts der Höhepunkt an dramatischen Neuigkeiten. Doch ich hatte bis jetzt noch keinen gekannt, der umgekommen war, oder überhaupt jemanden, der gestorben war, nicht richtig, nicht besonders gut. Mein Großvater war zwar gestorben, als ich drei war, aber daran konnte ich mich nicht erinnern.
»Ist er bei Bewußtsein?« war alles, was mir zu fragen einfiel.
»Nein.« Das löste bei Sils die erste wirkliche Reaktion aus,

erst jetzt wurde ihr das Ausmaß der Situation bewußt, und sie weinte hemmungslos, laut schluchzend. »Ich muß ihn unbedingt besuchen.«

Bis zum Bezirkskrankenhaus mußte man etwa fünf Kilometer laufen. »Ich rufe Humphrey an«, sagte ich. »Er soll uns am Parkteich abholen, um – neun Uhr? Dann müssen wir bei dieser Hitze nicht laufen. Du wirst nicht völlig verschwitzt und zerzaust bei Mike ankommen.« Ich weiß nicht, wieso ich diesen letzten Satz hinzufügen mußte; ich warf ihn einfach ein.

»Berie, er ist *bewußtlos*«, sagte sie ernst.

»Das *weiß* ich«, erwiderte ich. Nichts von dem, was an diesem Morgen gesagt wurde, ergab für mich einen Sinn.

So begann eine Phase von zwei Wochen, in der wir jeden zweiten Tag, vor oder nach Storyland, und an jedem freien Tag in der glühenden Hitze mit Humphreys Taxi zum Bezirkskrankenhaus fuhren, eine Stunde blieben, danach Humphrey wieder anriefen, um uns abholen zu lassen. Damit war meine Mutter aus dem Schneider (»Ich kann bei Sils und ihrem Bruder mitfahren«, rief ich von der Haustür aus), aber es ging ins Geld. Deswegen organisierte ich einen kleinen Zuschuß aus meiner Registrierkasse.

Nach zwei Tagen war Mike wieder bei Bewußtsein, »oder was immer er darunter versteht«, sagte ich zu Sils, und vor lauter Erleichterung lachte sie sogar; von der zweiten Woche an kommandierte er Sils mit Blicken zu sich, sagte Sachen wie »Komm her, beweg dich«, wollte, daß sie sich inmitten der Schläuche an ihn schmiegte.

Ich setzte mich in einen Rollstuhl und fuhr zum Spaß den Gang rauf und runter. Mike und Sils hatten sich erst neulich an seinem Krankenbett, von Laken umgeben, bestrahlt vom Fernseher und gedämpftem Neonlicht, darauf verständigt, daß der Unfall durch die unglückliche Kombina-

tion ihrer Abtreibung mit einem Lastwagen verursacht worden war.
Ich schwieg. Ich sauste im Rollstuhl die Gänge rauf und runter und nickte jedermann grüßend zu. Ich lächelte fröhlich, aber bestimmt. Einmal rollte ich aus Versehen rückwärts in einen Aufzug hinein und wurde bis zur Eingangshalle hinunterbefördert. Dort angelangt, wollte ich herausfinden, wie weit ich noch kommen würde. Ich zwängte mich durch die Drehtür. Ich hatte die Straße erreicht.
Niemand hielt mich auf. Ich fuhr mit dem Rollstuhl die halbe Strecke bis zur Innenstadt – am Krankenhauspark vorbei, den Gästehäusern, dem Grand-Union-Supermarkt und der Junior High School. Ich probierte sogar eine Drehung in der Kurve aus, die mich auf die Straße schleuderte und mir eine Schürfung am Knie bescherte, doch noch immer nahm keiner von mir Notiz. Schließlich kehrte ich um und schob das Ding zurück. Beim Grand Union hielt ich kurz an, um mir eine Cola zu holen.

»Dein Vater macht sich Sorgen um dich«, teilte mir meine Mutter eines Abends mit, im Nachthemd stand sie bedrohlich über mir.
»Dad?« Ich schnitt mir gerade die Fußnägel, und bei jedem Knips wirbelten harte gelbliche Sicheln durch das Zimmer.
»Würdest du wohl damit aufhören, solange ich mit dir rede? Hast du denn jeden Respekt verloren?« Sie trat über die Schwelle und versetzte mir einen Schlag auf den Oberschenkel.
»Was?« Ich blickte auf. Ihre Haare, früher blondgebleicht, waren nun schwarz und weiß getigert. Ihre haselnußbraunen Augen loderten erbost auf.
»Wenn ich dich zur Arbeit fahre oder nach Hause, sitzt du

immer mürrisch im Auto, zum Abendessen läßt du dich fast überhaupt nicht mehr blicken, seit Wochen hast du mit deinem Vater, deinem Bruder oder LaRoue kein Wort mehr gewechselt, seit Monaten warst du nicht mehr in der Kirche, und was ist mit deiner Großmutter? Hast du dir vielleicht mal die Zeit genommen, sie zu besuchen? Vergiß nicht, *so* lange wird sie auch nicht mehr leben!«

Meine Großmutter Carr wohnte in einem großen viktorianischen Haus im Herzen von Horsehearts. Das Haus war mit Sachen vollgestopft, die meine Großmutter »Davenports« und »Chesterfields« nannte. »Nimm die Füße von dem Chesterfield, Schatz.«

»Du meinst den *Sessel*«, sagte mein Bruder Claude immer, um sie zu ärgern.

In jenem Haus gab es drei Cellos; eins hatte meinem Großvater gehört. Die beiden anderen gehörten meiner Großmutter, die in der Stadt Unterricht erteilte, und wenn wir sie besuchten, spielte sie uns jedesmal ein Stück vor; wir saßen auf einem Davenport, zappelten herum und kniffen uns gegenseitig, wenn sie gerade nicht hinschaute. Erst später, als ich älter war, wurde mir bewußt, wie wunderbar sie spielen konnte. Doch als ich klein war, fesselte mich vor allem der Anblick dieser steifen und förmlichen Frau – »eine wahre viktorianische Lady«, pflegte mein Vater voller Bewunderung zu sagen –, wie sie dieses große, weiblich geformte Instrument zwischen ihren Beinen plazierte und mit den Knien festhielt, während ihre Finger insektengleich am Hals entlangstrichen, der Bogen wie eine Säge langsam über die Saiten glitt, hier und dort neu ansetzte, um den Ton zu finden. Meine Großmutter schaute auf ihr Cello nieder wie die Heilige Muttergottes auf das Christuskind, oder vielleicht wie eine Frau, die eine andere zu ihren Knien erblickt.

»Bist du jetzt fertig?« fragte Claude meistens als erster, und meine Großmutter lächelte dann mit matter Nachsicht und antwortete nur: »Ja, ich bin fertig.«

»Ich werde sie so bald wie möglich besuchen«, versicherte ich meiner Mutter. Das hatte ich früher schon versprochen, aber was scherte mich das: Dann versprach ich es eben noch einmal.

»Außerdem«, fuhr meine Mutter fort, »möchte Mrs. Lollick von der Kirchengemeinde, daß du wieder bei der Kinderbetreuung mithilfst.« Im vergangenen Jahr hatte ich jeden dritten Sonntag im Kinderzimmer der Baptistenkirche als Babysitter ausgeholfen, während meine Eltern den Gottesdienst besuchten. Ein großer, rosagestrichener Raum mit Kinderbetten an einem Ende; am anderen hing ein riesiges goldgerahmtes Bild von Jesus, der mit seinen himmelwärts gerichteten Augen und karamelfarbenen Locken aussah wie ein treuherziger Kenny Loggins. Das allein machte die Kinderbetreuung erquicklicher als die Aussicht, in der Kirche dem Gottesdienst beizuwohnen, umgeben von lauter alten Damen, die weiche Filzhüte mit kleinen Fischernetzschleiern trugen sowie lange, pelzige Tiere, die samt Kopf und Pfoten um ihre Mantelkragen drapiert waren. Während der Predigt hatte ich stets auf die farbenfrohen Fenster gestarrt – Jesus als guter Hirte – und sie im Geiste mit den Schwarz- und Lilatönen des Head Shop neu koloriert. Nach ihrer Heirat waren meine Eltern Baptisten geworden, sie waren aus der katholischen und der episkopalischen Kirche ausgetreten, um sich einer neuen anzuschließen, die ihnen besser zu entsprechen schien. Nun ließen sie keinen Gottesdienst aus. Sie sangen im Chor mit. Sie geleiteten die Kirchgänger zu ihren Plätzen. Sie beteten.

»Geht klar«, sagte ich. »Ich werde sie anrufen.«

»Und damit ist noch längst nicht alles gesagt«, sagte meine Mutter. »Das Schlimmste ist nämlich, daß du so ziellos und zerstreut wirkst.«
»Was?« Ich blickte grinsend zu ihr hoch und verdrehte die Augen zu einem Schielen. So etwas konnte ich bei Sils machen, die fand das zum Schreien komisch, aber meine Mutter empfand es als pure Unverschämtheit.
Sie beugte sich vor und schlug mir heftig ins Gesicht. »Du hast mich verstanden«, sagte sie und knallte die Tür zu.

Einmal hatte ich mich mit dem Rollstuhl zu weit vorgewagt; ich war den ganzen Weg in die Binnenstadt gefahren und hatte immer wieder angehalten, um die Schaufenster zu betrachten. Es war noch früh am Morgen, und weit und breit war kein Mensch zu sehen. Als ich schließlich wieder ins Krankenhaus kam, war Sils schon weg.
»Sils ist gegangen«, sagte Mike. »Sie hatte keine Ahnung, wo du steckst.«
»Ich war draußen, bin ein bißchen mit dem Rollstuhl rumgefahren.«
»Sie dachte, du hattest vielleicht keine Lust mehr zu warten.«
»Ach so.«
»Na ja. Sie wußte halt nicht. Sie mußte zur Arbeit.«
»Muß ich auch«, sagte ich. Nun mußte ich wohl meine Mutter anrufen. Oder ein Taxi. »Ich sollte jetzt gehen.«
Mike schien mir wieder gesund zu sein. Er strahlte jene zuversichtliche Überheblichkeit aus, die für gewöhnlich durch Krankheit und Verletzung zunichte gemacht wird. Er aber hatte sie zurückgewonnen. Er hing nicht mehr am Tropf. Er sah viel fern. »Freut mich, daß es dir wieder bessergeht«, sagte ich.
»Ehrlich?« Er grinste sein typisches schiefes Grinsen.

»Klar. Was glaubst du denn?«
»Ich meine ja nur, ich liege hier im Krankenhaus flach, und dann bist da du – wahrscheinlich mit irgendwelchen Lesbenphantasien –«
»Was soll das heißen, du Schwein?«
»Ich sehe doch, wie du dich Sils gegenüber verhältst, wie du dich an sie ... ich weiß auch nicht. Ich habe mich nur manchmal gefragt, ob ... Habe eben nur laut gedacht.«
Ich nahm meine große Kordeltasche, die ich neben dem Nachttisch abgelegt hatte, und verließ das Zimmer.
»Ach, komm schon«, hörte ich ihn noch hinter mir herrufen. »So habe ich das doch nicht gemeint.«

Isabelle, Herb, meine Mutter und nun auch noch Mike Suprenante, der mir auf die Nerven ging. Mein Leben war nichts als eine alte Steckrübe: es faulte an mehreren Stellen gleichzeitig. Am nächsten Abend war Isabelle wieder dran. Sie rief mich in ihr Büro, einen großen, getüpfelten Raum über dem Haupteingang. Ich setzte mich auf den Klappstuhl vor ihrem Schreibtisch.
»Was ist mit deiner Registrierkasse los?«
»Was meinen Sie damit?« Ich war äußerst angespannt und hielt meinen Rücken gerade wie ein Brett.
»Manchmal hast du zuwenig, manchmal zuviel. Schließt du die Kasse immer ab und nimmst den Schlüssel mit in die Pause?«
»Ja.«
»Leerst du die Kassenlade und nimmst die Geldkassette mit, wenn du Pause machst?«
»Meistens«, erwiderte ich.
Sie blickte mich streng an. Sie trug Schuhe mit Pfennigabsätzen und Nylonstrümpfe, selbst in der schlimmsten Hitze, und ich hörte das kratzige Geräusch, während sie mit

einem Bein vor- und zurückschwang. »Von jetzt an läßt du das bleiben«, sagte sie mit Blick auf die Geldkassette. »Wir werden das ab sofort anders handhaben.«

»O.K.«

»Wir werden dich morgen zum Eingang an der Seeseite versetzen.«

Den Eingang an der Seeseite kannten die meisten Touristen nicht, und deswegen war dort kaum etwas los. Früher, als ich dort arbeiten mußte, hatte ich die ganze Zeit damit verbracht, Sils auf einer Ersatzrolle orangeroter Eintrittskarten einen langen Brief zu schreiben. Der Brief war voller Anspielungen auf Stan, den Wächter, und Mary aus dem Andenkenladen gewesen, die ein Verhältnis miteinander hatten.

Aber dort war auch niemand zum Kartenabreißen da – das machte der Kassierer gleich selbst –, somit war das der Kassenschalter, von dem aus man am leichtesten Abrisse verkaufen konnte.

Am bewußten Tag saß ich ganz alleine da und schrieb Sils einen Brief. *Hey, bébé* war der Anfang, genauso albern wie bei allen anderen. *Hättest du Lust, heute abend Zigarettenrauch steigen zu lassen?*

»Ist dies der Eingang zum Vergnügungspark?« fragte ein Ehepaar mittleren Alters mit einem kleinen Jungen im Schlepptau.

Sie studierten an der Tafel die Preise. »Er ist erst zwei«, sagte die Frau und zeigte auf den Jungen. »Und der da ist erst, na sagen wir, elf?« Sie zeigte auf ihren Mann.

»Du bist erst zwei?« Ich nahm den Jungen in Augenschein, der mindestens acht war.

Er zuckte die Achseln. »Wird schon stimmen.«

»Meinetwegen«, sagte ich.
»Und was ist mit *mir?*« fragte der Mann. Er trug weiße Schuhe, ein weißes Sporthemd und himmelblaue Hosen. Sein Hals und seine Arme waren von der Sonne verbrannt und von dicken Adern durchzogen. »Ich bin doch auch erst zwei.«
»Geistig gesehen ist er erst zwei«, erklärte seine Frau.
Bei den vielen Leuten, die man am Kassenschalter erlebte, kam man schnell zu der Einsicht, daß sie einander glichen: Sie sahen alle gleich aus, sie sagten alle das gleiche; sie waren alle gleich.
Alle gleich, kritzelte ich in großen Buchstaben auf meinen neuesten Eintrittskartenbrief an Sils, direkt vor den Augen der Besucher; *sie geben hier die dummen Sprüche zum besten, mit denen sie offensichtlich ihre Ehe retten wollen.* Ich schrieb in sauberer verschnörkelter Schrift, während sie herauszufinden versuchten, wie alt sie nun eigentlich waren.
Ich schaute aus meinem Fenster zu dem Jungen. »Wenn du kleiner bist als dieses Schild und noch keine neun Jahre alt«, sagte ich ihm, »wirst du die Fahrten nicht ohne Begleitung machen dürfen. So lauten die Sicherheitsvorschriften des Parks.« Sicher würde er zum »Erwachsen« zurückkommen, diese Vorgehensweise hatte Herb ausgetüftelt; die Kinder an die Kasse zurückgehen und die Preisdifferenz entrichten lassen, wenn sie die Fahrten alleine machen wollten. »Hier haben wir einen Erwachsenen«, sagte Herb gerne, wenn er wieder einmal einen Jungen zur Kasse brachte. »Hier haben wir einen Jungen, der plötzlich, wie durch ein Wunder, erwachsen geworden ist.«
Die »Erwachsenen« brachten Geld. Falls gerade niemand hinschaute, schrieb man einfach »Erwachsener« auf einen Abriß, steckte ihn in die Kasse und registrierte nur den Preis einer Kinderkarte.

»Ich weiß«, sagte nun dieser Junge, er sah unglücklich aus, als säße er in der Falle.
»Zwei Erwachsene und ein Kind unter sechs«, sagte mir das Paar.
»Das macht zwanzig Dollar und vierzig Cents«, sagte ich, ohne eine einzige Zahlentaste zu betätigen, ich drückte nur auf die Stornotaste und ließ die Lade mit einem *brrrinnng* aufspringen.
»Wieviel?« fragte der Mann. Er versuchte angestrengt, durch das Plexiglasfenster einen Blick auf die Endsumme zu erhaschen, die man eigentlich von der Kasse hätte ablesen können. Aber die Ziffern besagten nur »0.00«.
»Zwanzig Dollar und vierzig Cents«, wiederholte ich. Er gab mir den genau abgezählten Betrag, den ich erst einmal in die Kassenlade steckte. Später würde ich das Geld wieder herausnehmen.
»Das hier ist für Sie«, sagte ich und händigte ihnen drei Kartenabrisse aus. »Heben Sie die Karten für die Fahrten auf.«
Sie runzelten die Stirn, winkten mir und zwängten sich durch das Drehkreuz, bogen um die Ecke in den Park ab und waren aus meinem Blick verschwunden.
Ich wartete noch eine Weile, bevor ich die Lade aufspringen ließ, um das Geld herauszunehmen. Ich wollte erst feststellen, ob jemand in der Nähe war, jemand, der am Eingang stand, oder sich im Gebüsch verkrochen hatte, jemand, der vielleicht hinter dem Schalterhäuschen herumschlich, wo ich ihn nicht sehen konnte, oder einfach nur Stan, der Wächter, der gerade eine Zigarettenpause machte. Aber es war niemand zu hören, nichts, nur aus der Ferne das übliche Jubelgeschrei der Kinder, und so ließ ich die Lade aufspringen. Als ich dann über die Kasse hinwegschaute, sah ich plötzlich Isabelle aus dem Nichts auftau-

chen, mit ihren wütend klappernden Pfennigabsätzen bog sie um die Ecke des Schwarze-Schäfchen-Streichelzoos und kam rasch auf den Eingang zu. Ihr folgten Herb, mit hochrotem Kopf und einem beleidigten Gesichtsausdruck, sowie ein Polizist mit seiner von Amts wegen gelangweilt-strengen Miene. Isabelle schob sich durch das Ausgangsdrehkreuz und klopfte mit den Fingerknöcheln an mein Fenster.

»O.K.«, sagte sie, »mach die Kasse zu. Wir werden diesen Eingang schließen.« Dann trat sie neben meinen Schalter, öffnete die Tür mit dem Schlüssel und riß sie weit auf. Sie streckte schwungvoll den Arm aus, um mich hinauszukomplimentieren. Ich drückte die Kassenlade zu und kam ihrer Aufforderung nach. Mein Herz raste. Ich war in eine üble Situation geraten. *Diese Familie,* dachte ich. *Das waren Spione, Spitzel, Figuren eines abgekarteten Detektivspiels.* Mir wurde übel, als hätte ich an sämtlichen Fahrten teilgenommen – die fliegenden Untertassen, die wirbelnde Schwarze Witwe –, und ich mußte mich für einen Moment abwenden; mir brach der kalte Schweiß aus. Meine Brust drohte vor Panik zu zerplatzen, und ich mußte um Atem ringen.

»Wir haben die Nummern auf den Abrissen überprüft, die von diesem Schalter stammen.« Isabelle war gleichsam eine Allegorie der Rechtschaffenheit, immer noch ragte ihr Arm in die Luft und wies in Richtung Park. Die Angst, die mich überflutete, gab mir das Gefühl, zu einem Nichts zusammenzuschrumpfen, mich in Flüssigkeit aufzulösen, und das einzige Gegenmittel war Ungläubigkeit. Ich füllte meinen Kopf mit so viel Ungläubigkeit, daß mir vor Wut ganz schwindlig wurde. Stan, der Wächter, trat gelassen in den Eingang – woher? Aus dem Nichts – und zündete sich verstohlen eine Zigarette an. Stan: Er war es gewesen!

In einem kopflosen Moment, als Isabelle den Schalter

zusperrte und Herb das »Dieser-Eingang-geschlossen«-Schild anbrachte, versuchte ich zu fliehen. Ich stopfte den Brief an Sils in meine Schürzentasche, drängte mich schnell an Herb und Stan vorbei, die in dem inzwischen überfüllten kleinen Eingang standen, stürzte durch das Drehkreuz und rannte auf den gegenüberliegenden Zaun beim Andenkenladen zu, dessen Schaufenster mit den Storyland-Thermoskannen und T-Shirts in bunten Farben leuchtete. Sie wiesen mir den Weg, während ich meinen Nachmittagsschatten wie eine Schlammspur hinter mir herzog, wie ein seltsames Paar dunkler Schneestiefel, die an den Fersen befestigt waren. Ich wollte durch den Laden laufen, dann über die Memory Lane bis zum Parkplatz. Ich wollte mich hinter den Autos verstecken und mir später eine Mitfahrgelegenheit suchen. »Hey!« brüllten der Bezirkscop und Herb. Mein Strohhut flog mir vom Kopf. Ich rannte noch schneller, und dann gaben meine Knie nach, mein Knöchel verdrehte sich, und ich fiel mit dem Gesicht zur Erde. Ich blieb eine Sekunde liegen. Was hatte ich mir eigentlich dabei gedacht? Daß ich ihnen entkommen könnte? Von nun an ein Flüchtling sein würde? Isabelle und die Männer liefen mir entgegen. Ich setzte mich auf und blickte sie an, während ich mir Gras und Erde von Armen und Beinen wischte. »Es tut mir leid«, sagte ich. Ich erhob die Hände zum Zeichen der Kapitulation, dann zuckte ich mit den Achseln. Herb und Isabelle zogen mich an beiden Armen hoch, ich stand auf und ging mit ihnen weg. Leute waren stehengeblieben und schauten zu, die surreale Umgebung war in glühendes Flirren getaucht, wie in einem italienischen Film. Einmal hatte ich mit Sils zusammen einen italienischen Film gesehen.

»Halt sie gut fest«, sagte Stan zu Herb, gar nicht unmelodiös, der an seinen Posten zurückgehen wollte und seinen

Hut wieder aufsetzte. Er hatte ihn wohl nur wegen des hitzigen Tumults abgenommen. »Laß sie auf keinen Fall entwischen.«

Auf Isabelles Schreibtisch stand ein Bild ihrer kleinen Tochter Gloria Deb. Isabelle war seit Jahren geschieden, und sie mußte hart um ihren Lebensunterhalt kämpfen. Gerüchten zufolge spendierte ihr Frank Morenton jedes Jahr zu Weihnachten als kleine Aufmerksamkeit ein neues Kabriolett sowie eine Reise nach Florida.

Isabelle schaute mich zornig an. Für sie standen so viele Dinge auf dem Spiel. »Hast du gedacht, du würdest so einfach *davonkommen*?« schrie sie mich an.

Das Telefon klingelte, und sie nahm ab. »Hallo?« Sie hörte eine Weile zu. *»Elle a mangé la grenouille«*, sagte sie dann und hängte wieder ein. Sie hat den Frosch geschluckt, die Kasse geplündert. Sie schaute mich an, verzog seufzend das Gesicht. Plötzlich war sie sprachlos, wie bei einem leichten Schlaganfall. Sie tat mir leid. In einer Anwandlung kindlicher Verrücktheit wollte ich ihr helfen. Ich zwang mich zu einer komischen Grimasse. »Na ja«, sagte ich mit gekünstelter Gelassenheit, »das wird mich wohl noch teuer zu stehen kommen.«

Sie funkelte mich böse an. »Wir werden an dir ein Exempel statuieren müssen. Ich werde noch mit Mr. Morenton klären, ob wir dich verklagen wollen. Aber ganz bestimmt werden wir auf Rückerstattung bestehen. Wieviel hast du insgesamt gestohlen? Hundert? Zweihundert? *Tausend?*« In ihrer Stimme schwang die rasende Wut der Betrogenen mit, der Geschiedenen, der Ausgebeuteten und Erschöpften.

Multiple-choice-Verfahren. ›A‹ war schon immer meine

erste Wahl gewesen. »Hundert«, erwiderte ich. Herb warf mir zwar einen finsteren Blick zu, aber offensichtlich genoß er diesen aufregenden Tag.
Isabelle ordnete die Papiere auf ihrem Schreibtisch. »Deputy Kerry von der Polizeiwache wird dich im Streifenwagen nach Hause fahren. Deine Eltern werden wir telefonisch benachrichtigen.«
Ich begann zu weinen. Ich konnte nicht anders als schluchzen.
»Legen Sie ihr die Handschellen an«, sagte Isabelle zu dem Polizisten.
Er blickte uns reihum bekümmert an. »Aber das wird doch sicher nicht nötig sein, Madam.«
»Legen Sie die an, und gehen Sie mit ihr direkt durch die Vordertür. Wir wollen den anderen ein abschreckendes Beispiel vorführen.«
»Wenn das so ist, meinetwegen«, sagte er achselzuckend. Er wandte sich mir zu. »Du bist verhaftet. Leg die Hände hinter den Rücken.«
Ich weinte noch immer und wischte mir mit dem Handrücken die Nase. Ich hatte kein Taschentuch, und keiner bot mir eins an.
»Warten Sie einen Moment«, murmelte ich und unternahm einen letzten Versuch, mein Gesicht von Rotz zu befreien, dann stand ich auf, drehte mich um und warf beide Hände nach hinten, dem Polizisten zu, der die Handschellen von seinem Gürtel losgemacht hatte. Sie waren kalt und steif, eng auf meine dünnen Handgelenke eingestellt. Diese Hände haben Geld gestohlen, schienen sie zu sagen, und wir werden ihrem Tun Einhalt gebieten, wir werden sie aus dem Verkehr ziehen, wir werden sie abhaken. »Bloß nicht«, rief ich stöhnend.
Ich wurde die Treppe hinunter und zum Vordereingang

hinausgeführt, der Polizist ging vor, er packte mich am Ellbogen und hielt meinen herabgefallenen Strohhut fest, obwohl er doch Parkeigentum war. Ich trug immer noch meine Kassiererinnenuniform – Hallo, ich bin Benoîte-Marie – und versuchte, meine Tränen durch Nasenatmung in die Nebenhöhlen umzuleiten. Es war vier Uhr am Nachmittag, und die Hitze staute sich immer mehr, selbst als die Sonne – glühendheiß und knochenhart – bereits wieder zu sinken begann.

»Oh, mein Gott!« hörte ich Sheryl hinter mir am linken Eingangsschalter keuchen.

»Was ist denn passiert?« wollte Debbie wissen.

»Was geht hier vor?« erkundigten sich gleich mehrere Besucher des Parks, als wir an ihrer Warteschlange vorbeikamen. Aus den Lautsprechern schallte die Storyland-Kennmelodie – eine Reihe von *Um-pa-pas,* die auf einmal düster klangen, wie am Ende von *La Traviata.* Deputy Kerry ließ mich vorgehen, er faßte mich leicht am Oberarm und führte mich geradewegs über den hellen, sonnigen Parkplatz nach hinten, wo sein Wagen stand. Aus den Augenwinkeln konnte ich Sils mit ihrem rostfreien Stahlkrönchen sehen, die sich in ihrem glänzenden Satinkleid an das schmiedeeiserne Gitter unweit der Kürbiskutschentour preßte. Sie rief meinen Namen, immer wieder, aber ich wollte mich nicht umdrehen. Ich war häßlich und schämte mich; Rotz lief mir aus der Nase in den Mund, ohne daß ich etwas dagegen tun konnte. Ich wollte von niemandem gesehen werden. Sie sollte mich auch nicht sehen. Ich verrenkte mich, um mir die Nase an der Schulter abzuwischen, aber es gelang mir nicht.

Während der ganzen Fahrt nach Horsehearts – ich saß hinten, Deputy Kerry vorne – sagte Deputy Kerry kaum ein Wort. Ruhig fuhr er die Seestraße entlang, an den

Geschenkartikelbuden vorbei, die Wigwams nachempfunden waren und falschen Indianerschmuck feilboten, und an den türkisblauen Motels, die sich an das Seeufer drängten, als wollten sie sich allesamt hineinstürzen. Was würde es schon ausmachen? Besonders in den langen Wintern, wenn Gott und die Welt sie ohnehin verließen. Gerippe und Gespenster geisterten in meinem Kopf herum.
Deputy Kerry erhielt einen Ruf über Funk, er ergriff das Sprechgerät, um zu antworten. Das erinnerte mich an die Fahrten in Humphreys Taxi; nur war dies die ironische, verzerrte Variante. Wie schwierig war es doch für mich, einen Mann zu finden, für mich allein, der mich vom See nach Hause fuhr. Seht nur, was ich dafür alles aufbieten mußte! Wieviel Einfallsreichtum und Nerven mich das kostete! Ha-ha! Sils hatte es leicht. Sie brauchte nur zu lächeln. Ich dagegen mußte stehlen, weinen und gegen das Gesetz verstoßen.
»Wo wohnst du?« fragte Deputy Kerry, als wir uns dem verwitterten Schild der Handelskammer näherten, auf dem tragikomischerweise zu lesen war: Willkommen in Horsehearts: das Dorf der Zukunft. Es schien seltsam, daß Deputy Kerry mich erst jetzt danach fragte. Wenn ich ihm nun geantwortet hätte: »Oh, haben die es Ihnen nicht gesagt? Ich wohne in Washington, D.C.!«
»Fish Glen Road«, sagte ich. »Drei sechsunddreißig.«
»Ach, die Ecke«, waren seine rätselhaften Worte, und nach der nächsten Ampel bog er links ab.
Als wir vorfuhren, waren meine Eltern bereits auf der Vorderveranda. In meinen verschleierten, wäßrigen Augen wirkten sie weit entfernt, zwei rosige und zornige kleine Figuren, und als ich mit geschwollenem Gesicht und Handschellen vor dem Haus ankam, wurde mir bewußt, daß ich meine Eltern nicht gut genug kannte, um ihnen so

etwas anzutun, um ihnen einen solchen Bruch in ihrem Leben zuzumuten. Mir wurde klar, daß der Zorn und die Enttäuschung von Menschen, die sich stets ferngehalten hatten und von denen man sich selbst fernhielt, schwerer zu ertragen waren als von Menschen, die einem besonders nahestanden. Meine ganze strenge Erziehung stand auf der Veranda und sah mir entgegen, während die unglücklichen Vollstrecker darauf warteten, einen Schlußstrich zu ziehen oder angesichts ihres Scheiterns lieber gleich zu kündigen, von ihrer Strenge Abschied zu nehmen, von ihren Pflichten, von mir.

Meine Mutter stand auf, sie hatte auf der Hollywoodschaukel gesessen, ein Bein untergeschlagen, während sie sich mit dem anderen leicht abstieß und die Arme vor der Brust verschränkt hielt. Sie wirkte angespannt und bestürzt. Mein Vater wandte den Blick von den Bergen ab, nachdem er vielleicht im Geiste seine Forstbestände durchgegangen war, oder seine tragischste Brahms-Melodie vor sich hin gesummt oder insgeheim wieder einmal die Schneemobile verwünscht hatte, weil sie die natürliche Umgebung der Tiere zerstörten; die Rehe, die den Motorenlärm inzwischen gewöhnt waren, rannten auf die Autobahn und wurden getötet. Vielleicht listete er auch alle Untaten auf, mit denen Kinder ihren Eltern das Herz brechen konnten. Er verriet uns zwar nie seine Gedanken, aber wir durften ihm beim Denken zusehen, sehen, wie er in die Luft starrte und seine Sorgen und Ideen hineinprojizierte, mit gebannten Augen und eingezogenen Lippen. Nun drehte er sich nach mir um, und seine Größe allein erfüllte mich mit Reue, selbst aus dieser Entfernung.

Deputy Kerry nahm mir die Handschellen zwar noch am Wagen ab, doch er hielt mich weiterhin am Ellbogen fest und schob mich vor sich her wie einen kleinen Karren.

Während dieses langen Ganges erkannte ich, daß meine Eltern trotz ihrer ungewöhnlichen Lebensführung immer nur dem Durchschnitt, der Norm, entsprechen wollten, unauffällig bleiben und sich nützlich machen wollten. Sie hatten nicht die Kraft, ihr exzentrisches Wesen voll und ganz auszuleben, mit dem gewaltigen Chaos, mit allen Verstrickungen und Konsequenzen, die ihnen das abverlangt hätte. Als sie nun erleben mußten, wie eins ihrer eigenen Kinder aus der Reihe tanzte, wurden sie wohl mit all dem konfrontiert, was sie vergebens zu verdrängen suchten. Ihre persönliche, ohnehin heikle Isolation, die sie so verzweifelt überwinden wollten, wurde ihnen wieder schmerzlich bewußt.

Deputy Kerry reichte mir meinen Hut.

»Geh in dein Zimmer«, sagte meine Mutter kühl, und fügsam betrat ich das Haus, senkte den Blick auf jeden meiner Schritte, wie eine Zeichentrickfigur, die in Ungnade gefallen ist.

»Wow«, rief Claude aus der Küche, als er mich sah. Er schmierte sich gerade ein Sandwich mit Erdnußbutter und Marmelade. »Was hast du denn *gemacht?*« fragte er.

»Bitte – sei still«, sagte ich kläglich. Ich ging in mein Zimmer und ließ mich aufs Bett plumpsen. Den Strohhut schleuderte ich zu Boden.

Claude kam zur Tür. Er biß in sein Sandwich. »Mach dir keine Sorgen«, sagte er mit vollem Mund. »Ich werde mal ein bißchen die Ohren spitzen; ich sage dir dann, was los ist. Ich kann alles von der Veranda aus mithören.«

»Toll«, sagte ich gleichgültig.

LaRoue kam aus dem Keller hoch. *»Tsst, tsst«*, sagte sie, als sie in meiner Tür stand. Und dann fügte sie etwas ermunternder hinzu: »Mach dir keine Sorgen.« Zum erstenmal in ihrem Leben zeigte sie für mich Mitgefühl. »Ich hab gehört, was sie gesagt haben. Sie wollen dich jedenfalls nicht anschreien.«

Sie hatten beschlossen, mich bis zum Ende des Sommers in ein kirchliches Ferienlager zu schicken. Das teilten sie mir mit, nachdem sie sich bei Deputy Kerry bedankt und ihm die Hand geschüttelt hatten (für seine herausragende Leistung?) und nachdem sie Frank Morenton höchstpersönlich hatten empfangen dürfen, der, wie Claude mir später sagte, in seinem weißen Kabriolett zu einem Kurzbesuch angerauscht war. Er war herausgesprungen, um sich bei meinen Eltern für die öffentliche Bloßstellung im Storyland zu entschuldigen. Er brachte auch meine Kordeltasche mit, die ich am Seeufereingang liegengelassen hatte. (Welch seltsame Vorstellung, er mit meiner Tasche in der Hand!) »Wir werden das, was Ihre Tochter angestellt hat, einfach unter uns klären. Da, das gehört ihr.« Er warf meiner Mutter die Tasche zu. »Der Park ist ein freundlicher, familiärer Ort«, fuhr er fort. »Bald bin ich ein alter Mann. Ich habe eine Menge erlebt. Als ich in dieses Land kam, hatte ich kein Geld, und jetzt, nach soviel harter Arbeit, möchte ich nicht, daß mein Unternehmen zum Schauplatz eines Skandals wird. Ich glaube an Amerika.« Ich wurde mit der gleichen Umsicht und Sorge behandelt wie der Unfall in der Verlorenen Mine. Ich *war* der Unfall in der Verlorenen Mine. Ich war das gleiche. *Trotz betretener Mine ist das Spiel nicht verloren.*
Amerika sei Dank.
»Was meinst du, aus welchem Land er stammt?« fragte ich Claude.
»Indonesien«, erwiderte Claude. »Vielleicht auch Frankreich. Woher soll ich das wissen?«
Später erfuhr ich, daß Frank Morenton Isabelle wegen

ihres taktlosen Vorgehens gefeuert hatte, nur um sie am nächsten Tag wieder einzustellen; sie bekam auch weiterhin ihre Autos und die Weihnachtsreise nach Florida, und für Gloria Deb hatte er ein knallrotes Moped gekauft.

»Ihre Tochter ist natürlich gefeuert«, teilte er meinen Eltern mit. »Aber was das Geld angeht, sagen wir einfach, wir sind quitt.« Horsehearts war einer jener Orte, wo selbst eine prominente Person Ausdrücke wie »quitt« gebrauchen konnte. Einer dieser Orte, die einen dazu brachten, Silben zu unterschlagen oder hinzuzufügen, wenn man ihnen nicht rechtzeitig den Rücken kehrte; nach einer Weile verlangte man »Ham*burgs*« oder »Cheese*burgs*« oder auch »Cream de *mint*«. Nach zwanzig Jahren schließlich sagte man »bingo« anstelle von »ja«.

»Wir wissen Ihr großzügiges Angebot zu schätzen«, murmelte mein Vater.

»Möchten Sie nicht auf einen Eistee hereinkommen?« fragte meine Mutter.

»Nein danke«, erwiderte Frank Morenton. »Ich wollte nur schnell vorbeischauen und die Sache klären. Sie sollten wissen, daß ich keine Anzeige erstatten werde, obwohl das mehr als angebracht wäre. Doch nun ist die Geschichte erledigt, und wir können den Blick nach vorn wenden.«

»Ja«, sagte meine Mutter.

»Ich hoffe, Sie folgen meinem Beispiel und erwähnen den Vorfall nicht gegenüber anderen Leuten.«

Was meine Eltern danach sagten, war Claude entgangen.

»Jetzt muß ich aber wieder los«, verkündete Morenton, und weg war er, brauste in seinem herrlichen Auto davon, wie ein strahlender, strahlender Gott.

So hat Claude es mir erzählt. Ich war in meinem Zimmer geblieben, wie befohlen. Ich hatte auf mein *Desiderata*-Poster gestarrt. *Wandle friedlich inmitten voll Lärm und Hast* …

Wandle friedlich.
Schön wär's.

Das Feriencamp werde von Baptisten geleitet und liege hundertfünfzig Kilometer entfernt in den Bergen am Lake Panawauc, verkündeten meine Eltern, als sie in meinem Zimmer standen, kurz nachdem Frank Morenton weggefahren war. Dort sollte ich bis Ende August bleiben. Dann würde ich zurückkommen und meine Sachen für den Herbst und Winter packen. Sie wollten mich in ein Internat schicken.

»Eine Militärakademie?« fragte ich, und niemand im Zimmer, auch ich nicht, wußte, ob das als Witz gemeint war.

»Die Mount Brookfield School«, erwiderte mein Vater. Ich war erstaunt, daß sie in der Viertelstunde, die ich für den Weg vom See nach Horsehearts gebraucht hatte, so detailliert meine Zukunft geplant hatten. »Die finanziellen Modalitäten werden wir wohl mit deiner Großmutter regeln müssen. Es wäre also mehr als angemessen, ihr einen Besuch abzustatten und deinen Fall zu erklären.«

»Ja«, sagte ich trocken, »sieht ganz so aus.« Wir standen alle in meinem rosa- und lilafarbenen Zimmer mit dem *Desiderata*-Poster, dem Bienenkorb-Lampenschirm, den Schallplatten und dem Schminkspiegel. Ich spielte mit der herabhängenden Lampenschnur, knipste das Licht an und aus, beobachtete, wie sich der Schirm mit Rosa füllte und wieder zu Weiß leerte, verfolgte das Rosa, als es sich wie ein verschämter Schleier über die Gesichter meiner Eltern warf, dann wie ein kurzes Fieber wieder verschwand oder wie das Blaulicht eines Streifenwagens.

»Was ist bloß mit dir *los?*« fragte mein Vater sichtlich angewidert, und ich begann erneut zu weinen, weil ich es nicht wußte.

Verärgert wandte er sich ab und verließ das Zimmer, meine Mutter zögerte, bevor sie ihm folgte, doch zuvor warf sie mir über die Schulter einen Blick zu, der mich in einer anderen Geschichte zur Salzsäule hätte erstarren lassen oder mein völliges Verschwinden bewirkt hätte. Statt dessen blieb ich allein zurück, mit dem rosa Lampenschein, einem großen schwarzen Falter, der gegen das Fliegengitter taumelte, dem Lärm der Offizierseinheit der Marinereserve, die zur Abendessenszeit die Straße entlangmarschierte, die Sommerübungen mit leisem Summen und Rufen begleitend, um unser Land zu schützen, unsere Welt, unsere Freiheit! Ich warf mich weinend auf das Bett. Ich träumte von kubanischer Gegenpropaganda.

In jenem August nominierten die Republikaner Nixon für die Wiederwahl; er »wollte den Krieg beenden«, als handle es sich um ein Spiel.

Die Watergate-Affäre nahm ihren Lauf.

Patty Duke heiratete.

Ein Sturm auf der Sonne remagnetisierte kurzzeitig die Erde.

Ich hörte davon nur in den Nachrichten, die in der Ruhepause leise aus dem Radio meiner Tutorin drangen. Ich lag in der Koje über Monica Hyde, einem vierzehnjährigen Mädchen aus North Syracuse. Wenn gerade kein Radio zu hören war, unterhielt ich mich mit ihr. Ihre größte Sünde, sagte sie, sei es gewesen, den Reißverschluß der *Sticky-Fingers*-Plattenhülle der Rolling Stones aufzureißen, um zu sehen, was sich darunter verbarg.

»Habe ich auch gemacht«, sagte ich. »Das *sollte* man ja.«

»Sollte man eben nicht«, erwiderte sie. Und ich meditierte über meine gebräunten Arme oder über die Vesperandacht, die am Abend zuvor in der Kapelle mit dem Grillenchor abgehalten wurde (einer Uferlichtung mit Baumstämmen als Bänken und dem Lake Panawauc als Kanzel). Die ganze Zeit über verspürte ich entweder Langeweile oder aber Entsetzen über meine Langeweile, war ich auf der Suche nach neuen Wegen, mir selbst zu vergeben und meine Schuld zu sühnen.

Ich verliebte mich flüchtig in den Sohn des Lagerführers, einen gleichaltrigen Jungen namens Hayden Filo, der ein Contergankind war und nur drei Finger und sechs Zehen hatte. Nach der Vesperandacht gingen wir manchmal gemeinsam im Wald spazieren, und dann sprach er über Gott, nie über Jesus, nie über den Sohn! Nur über Gott und was Gottes Wille war – auf eine Art, die Gott zuweilen so herrlich und allgegenwärtig erscheinen ließ wie das violette Zwielicht, in dem wir umherirrten, und andere Male wie ein verzogenes, weit entferntes Kind, das seine Verwandten zur Verzweiflung trieb.

Hin und wieder blieben wir stehen, an Bäumen, Felsen oder Weggabelungen, und küßten uns. Baumgrillen und Laubheuschrecken begleiteten uns mit ihrem Gesang wie das unablässige Quietschen einer Wäscheleine, als würden in jenen Nächten endlos viele Kleidungsstücke aufgehängt. *Bitte, verschont uns damit!* Wir führten uns gegenseitig die Hände an das Gesicht. Wir schlossen die Augen, um sie in einem unvorhersehbaren Moment wieder zu öffnen. Wir blieben lange auf und hielten nach den Nordlichtern Ausschau, die der Sturm auf der Sonne nun verstärkt auftauchen ließ. Sie sahen aus wie Autoscheinwerfer, die am Himmel aufstrahlten, und so machten sie auf uns oft keinen großen Eindruck. Andere Male erschienen sie uns so wundersam wie Engel, und wir fühlten uns von ihnen verzaubert, voller Güte und Licht, während unsere dunkle, schlimme Vergangenheit in weite Ferne rückte.

Ich gewann einen Fechtwettbewerb. Die Bibel kannte ich wie meinen eigenen Kleiderschrank (Levitikus 14, 10! Grüne Strickweste!). Irgendwie hatte alles den gleichen Stellenwert, lauter Nebensächlichkeiten, die mein Gehirn auf fühllose, automatische Weise aufgenommen und katalogisiert hatte. Mein Gehirn strebte stets danach, das Fremde vertraut zu machen, verfügbar, ihm seinen Schrecken zu nehmen. Es baute Geländer auf, ebnete den Weg, erstellte Landkarten und Seitenstraßen. Es bestellte und bepflanzte seinen Acker mit panischer, zwanghafter, mechanischer Energie. Und so gewann ich die Bibelwettbewerbe.

Ich kam beim Rückwärtssprung ins Wasser auf den zweiten Platz.

Ich sang »Were You There When They Crucified My Lord?« solo im Sonntagsgottesdienst, vor allen anderen. Am Ende klatschte niemand, aber das war in der Kirche auch nicht üblich. Das war einer der negativen Aspekte der Kirche.

Ich schrieb lange Briefe an Sils, in denen ich groteske, aber harmlose Anekdoten über die anderen Mädchen in meinem Zelt zum besten gab – »Sie fressen Erde!« –, ohne ein Wort über den Jungen mit den drei Fingern zu verlieren, den ich im Wald küßte. Während der Vesperandacht betete ich sogar inständig zu Gott, und mehrere Male glaubte ich zu spüren, wie der Heilige Geist in mich eindrang, einen stummen Schrei tat und wieder entfloh. Eines Tages suchte ich nach dem Mittagessen Reverend Filo auf, unseren Campleiter. Ich saß in seinem Büro im hinteren Teil des Hauptgebäudes und blickte ihm fest in die Augen. »Ich möchte getauft werden«, erklärte ich. Ich hatte keine Ahnung, ob er von den Spaziergängen wußte, die ich mit seinem Sohn unternahm.

»Bist du nicht schon getauft?«

»Nein«, log ich. Das war die letzte Lüge, die notwendige Lüge, die größte Lüge, die allen Lügen ein Ende bereiten sollte; die Jesuslüge, die Lüge um der Sünde aller anderen Lügen willen.

Reverend Filo schaute mich an. Ich wußte nicht, was meine Eltern ihm alles erzählt hatten. »Bist du nicht wie alle anderen mit zwölf Jahren getauft worden?«

»Nein, da war ich krank«, sagte ich. Die Stellvertreterlüge. Die Lüge des reuigen Räubers am Kreuz. Ich war getauft worden, als es mir nichts bedeutete. Nun mußte ich dafür öffentlich Buße tun – »Buh-ße-tun«, wie sie hier im Camp Panawauc sagten, bei Kool-Aid und hymnischen Gitarrenklängen. Ich wollte das Ritual und die Inszenierung. Ich wollte mich in die Arme eines Geistlichen fallen lassen, um für kurze Zeit den Segen zu spüren und in den Himmel aufgenommen zu werden, um zu fühlen, wie Jesus von meinem Herzen Besitz ergriff und dort verblieb, ohne aufzuschreien und wegzufliegen. Das war beim ersten Mal nicht eingetreten. Beim ersten Mal kreisten die Gedanken in meinem Kopf nur um das Frühstück und darum, daß ich unter meinem Taufgewand, vor den Augen der ganzen Gemeinde, keine Unterwäsche trug. Danach hatte ich zusammen mit den anderen »Taufkandidaten«, wie sie genannt wurden, gierig Doughnuts und heißen Kakao verzehrt, während die Gemeindedamen uns mit Handtüchern und einem Fön die Haare trockneten.

»Nun ja, dann werden wir dich wohl taufen müssen«, erklärte Reverend Filo, als sei er Arzt und die Taufe eine harmlose kleine Operation.

Ich hatte nicht damit gerechnet, an jenem Tag die einzige zu sein, die getauft wurde. Es gab kein Gewand. Ich trug meinen Badeanzug und einen blauen Leinenumhang, der um den Hals geknotet wurde. Ich stand gemeinsam mit

Reverend Filo bis zur Taille im Wasser, ein paar Schritte von dem Steg entfernt, kleine Plastikbojen schaukelten am Rand, der See war warm, still und bräunlich, von spätsommerlicher Trägheit. Sanfte, hohe Gräser wuchsen aus dem Seegrund empor, erst tanzten sie anmutig hin und her, nur um sich dann um die Beine zu schlingen und einen nie wieder freizugeben.

Am Ufer standen nur meine Tutorin Sandy, Monica Hyde und Hayden Filo, der mich wohlwollend anlächelte. Nun nahm ich seine Religion wirklich an und würde ihn heiraten können. Vielleicht dachte er gerade daran. Jedenfalls hatte ich daran gedacht.

»Willst du, Benoîte-Marie Carr, Jesus als deinen Herrn und Retter annehmen?«

Nun mußte ich geloben. Ich nahm alle Kraft zusammen, die ich in mir wähnte, Verheißung und Hingabe. Sie sammelte sich zu einer großen, dichten Masse unterhalb meiner Rippen. Meine Zehen wurden steif und kreuzten sich. Nun erkannte ich es: Jesus war das einzige, alles andere zählte nicht. Alles andere war nichts. Das Blau des Himmels war unendlich, offen und wahrhaftig. Die Reinheit. Der Weg. Die Berge gegenüber dem See waren die Apostel und die Bäume Zeugen, die aus der Höhe herabgeklettert waren. Die Plastikbojen am Steg waren die Tauben des Heiligen Geistes.

»Ja«, antwortete ich, »ich will.« Reverend Filo sprach weiter, doch hörte ich es kaum. Ich spürte Schmerzen und Krämpfe in meinen Füßen und Beinen, dann legte sich der Arm des Reverends um meine Hüften, und er flüsterte: »Lehne dich zurück, mein liebes Kind.« Ich dachte an meine Rückwärtssprünge, kniff die Augen zusammen und stieß mich mit den Füßen ab. Aber der Stoß war zu stark, als wollte ich einen echten Sprung machen, und dadurch riß ich den schwankenden Reverend Filo mit nach hinten. Ich machte den Mund weit auf, um Luft zu schöpfen, doch statt dessen strömte Wasser hinein, die Gräser legten sich wie Fesseln um meine Beine und lähmten sie. Meine Arme schlugen und griffen wild um sich. Ich war nie eine gute Schwimmerin gewesen – ich konnte zwar springen, aber kaum richtig schwimmen; beim Schwimmen in der Schule, mit den Badeanzügen, bei denen die Körbchengröße durch bunte Aufnäher markiert war, behauptete ich, meine Tage zu haben, oder ich schlug mir am frühen Morgen mit einem Hammer auf den Finger, der dann anschwoll, so daß ich zum Krankenzimmer gehen konnte, um ihn schienen zu lassen. Da ich nun auf dem besten Wege war, zu ertrinken und dabei einen Mann Gottes mit in die Tiefe zu reißen – sein Kopf tauchte neben dem meinen im Wasser auf und ab –, konnte ich weder mich retten noch einen anderen. Mein blauer Umhang blähte sich zu einer Seite auf, während die verknoteten Enden sich verdrehten und noch enger um meinen Hals schnürten. Ich wartete auf den Heiligen Geist, der in mich dringen sollte, um in Frieden in meinem Herzen zu ruhen, um mich in die Ewigkeit zu tragen. Ich öffnete die Augen unter Wasser, wo zwar alles still war, aber in steter Bewegung, schlammige Formen und Blasen. Ich sah zum Himmel auf und suchte Gott, doch alles, was ich durch das Wasser erkennen konnte, war der Sturm auf der Sonne, danach Sils mit ihrer Krone, die meinen Namen rief, und dann, schließlich, die große überragende Gestalt von Frank Morenton, der meine Kordeltasche umklammerte – wie lustig, mit meiner Tasche! – und von den Wolken herabblickte, wie Flocken tobten sie um seine Füße und Knöchel, wie große Plüschpantoffeln. Es sah aus, als würde er den Ort prüfen, als würde er sich dort unten das eine oder andere Drehkreuz vorstellen, ein paar

Berg-und-Tal-Fahrten. Drehkreuze konnte man überall aufstellen! Mr. Vergnügungspark konnte seinen reichen Segen überall erteilen! *Mr. Morenton, Mr. Morenton,* rief ich unter Wasser. *Es tut mir furchtbar leid, Mr. Morenton.* Ich war einem großartigen, friedvollen Tod nah. Ich fühlte, wie meine Seele meinen Körper verließ, ohne daß ich dabei die Sinne verlor, so daß ich mich selbst aufsteigen sah, winkend, schwebend wie ein Ballon.

Und dann wurde ich hustend hochgezogen, von Reverend Filo und meiner Tutorin Sandy. »Liebes Kind!« rief der Reverend, ebenfalls hustend und mit triefenden Haaren. »Du bist ja losgegangen wie eine Rakete!«

Ich saß am Ufer, in meinem nassen Umhang, und ließ den Sand daran festkleben. Ich hustete noch etwas weiter und spuckte auf den Strand. Monica Hyde legte mir Handtücher um, und Sandy ging mir eine Dose Sodawasser holen. Hayden Filo saß neben mir, mit enttäuschtem Blick, als habe er noch nie eine Taufe erlebt, die so profan und lächerlich war.

»Vielleicht kann ich es ja irgendwann noch mal versuchen«, krächzte ich.

»Vielleicht«, sagte er abwesend.

»Laßt uns zusammen ein Lied singen«, schlug Reverend Filo vor. Und so faßten wir uns an den Händen und sangen im Kreis »Jesus Walked This Lonesome Valley«. Als wir beim letzten »He had to walk it by himself« angelangt waren, kam Sandy mit dem Sodawasser zurück. Ich trat aus dem Kreis und trank.

Ende August, bevor ich in die Mount Brookfield School gehen sollte, holte meine Mutter mich noch einmal vom Feriencamp nach Hause. Während ich neben ihr in den Wagen steigen wollte, verspürte ich den starken Wunsch, artig zu sein, ein braves Mädchen, wie Monica Hyde. Doch gerade wenn mich ein solcher Wunsch beseelte, war ich zutiefst verunsichert und mein Verhalten entsprechend befremdlich, ich hatte eben nur den Wunsch, nicht das Talent. Meine Mutter nahm mich nicht in die Arme. Sie fragte nur, ob ich auch alles hätte, dann stiegen wir ein und hielten an der nächsten Tankstelle an, eine Sinclair-Station mit dem knallgrünen Brontosaurus-Schild, das wie ein großes Reptilienbaby aussah; ein aufgedunsener, umgestülpter Dollarschein. Sie winkte den Tankwart heran, der an meiner Seite des Wagens stand, und als sie das tat, fiel mir die welke Haut ihres Oberarms auf, das grünliche, mit schwarzen Stoppeln besetzte Oval ihrer halbrasierten Achselhöhle – die stechenden, scharfen Kerne einer Tropenfrucht. Ich durfte mich von ihr nicht abgestoßen fühlen. Ich durfte mich nicht auf ihre kalte, vorwurfsvolle Art besinnen oder auf die getrübte, verletzte Liebe, die wir füreinander hegten, sondern sollte an ihre Anwandlungen von Fröhlichkeit denken, an die Energie und Phantasie, die sie manchmal für mich aufgebracht hatte, als ich klein war: Einmal hatte sie für alle meine Puppen neue Streifenkleidchen genäht und sie dann in meinem Zimmer verteilt, bevor ich am Ostermorgen aufwachte; sie stellte Kuchen, Brote und Kaltschalen zum Naschen auf dem Küchentisch bereit; in einer Nacht hatte sie in meinem Zimmer für mich getanzt, ganz allein, weil ich krank im Bett lag und mich langweilte. Als der Tanz beendet war, stützte sie den Fuß auf einem Stuhl ab, warf beide Arme empor und reckte zwei Aluminiumbratpfannen in die Luft. Sie hatte einen Sinn für Theater, für Kostüme und Kulissen, und sie konnte aus allem etwas zaubern: aus Stoffresten machte sie Hüte, aus Kronkorken Fußmatten. Zuweilen war ich von ihr fasziniert. Doch waren wir nie miteinander vertraut gewesen, und so hatte ich auch kaum das Gefühl, sie wirklich zu kennen. Um etwas kennenzulernen, mußte man erst bis zum Kern vordringen und fühlen, dann wieder Abstand gewinnen und betrachten, das Ganze schließlich wiederholen: vordringen, fühlen, Abstand gewinnen und betrachten. Das mußte man zweimal machen. Das war Kennenlernen. Zweimal hintereinander. Doch mit meiner Mutter schaffte ich es nur einmal. Ich schaffte es einmal, beim ersten Versuch, dann rannte ich wieder weg.

»Meinst du, du hast im Feriencamp etwas dazugelernt?« fragte meine Mutter plötzlich, nachdem sie den Tankwart bezahlt hatte und nun auf die Straße zurückfuhr. Sie schien ängstlich darum bemüht, etwas Zuneigung auszustrahlen; bemüht, etwas Wohlwollen zu zeigen, ohne sich recht ausdrücken zu können – ich konnte die Verwirrung, den Widerstreit in ihrem Gesicht aufflackern sehen.

»Ja«, antwortete ich.

»Wirklich? Das ist schön. Was hast du gelernt?«

Im Ferienlager hatte ich nach all diesen Vesperlesungen vor allem eins gelernt: Was man von Menschen empfing, gab man nicht denselben Menschen zurück. »Mal sehen«, sagte ich, um Zeit zu gewinnen. Man gab diesen Menschen überhaupt nichts zurück. Man gab es an andere weiter. Und diese gaben es wiederum jemand anderem. Nicht einem selbst. So funktionierte die schludrige Wirtschaft von Geben und Lieben. Doch so lebte man als Christ – als praktischer Christ zwar, aber immerhin als Christ. Mir war bewußt, daß meine Eltern das schon längst erkannt haben mußten. Obwohl sie vermutlich die Hoffnung hegten, daß ich etwas anderes lernen würde. »Ich habe gelernt, daß Gott ewige Gnade ist«, sagte ich schließlich leicht atemlos. Meine Mutter warf mir einen besorgten Blick zu, dann schwieg sie und blickte nur noch auf die Straße. Ungefähr

sechzig Kilometer lang sagte sie nichts, plötzlich aber wagte sie einen neuen Anlauf. »Deine Großmutter freut sich schon darauf, dich zu sehen«, sagte sie.
»Ich werde sie besuchen«, versprach ich.
»Silsby hat angerufen und gefragt, wann du nach Hause kommst. Ich habe ihr nichts Genaueres gesagt.«
»Warum nicht?«
»Sie hat keinen guten Einfluß auf dich, Berie. Den hatte sie nie.«
»Wie meinst du das?«
»Ihre Familie ist so problematisch, die Situation mit ihren Eltern und alles andere. Ich fand schon immer, daß du viel zuviel Zeit dort verbringst. Du solltest dir andere Freunde suchen. Ihre Familie hat schon genug Sorgen am Hals.«
»In jeder Familie gibt's Probleme. Außerdem mache *ich* ihnen keine Sorgen. Ich komme ihnen nicht in die Quere.«
»Mir wäre es lieber, wenn du sie nicht mehr so oft sehen würdest. Leg eine kleine Freundschaftspause ein.«
»Ich *hatte* diese Pause bereits.«
»Silsby und ich haben uns ein wenig unterhalten, und ich habe ihr dasselbe gesagt.«
»Du hast *was* getan?«
»Sie sagte, daß sie sowieso für eine Woche weg sein würde. Sie will mit ihrem Freund Mike zelten gehen, und ich soll dir das ausrichten und dir auch alles Gute für deine neue Schule wünschen, weil sie dich wohl vorerst nicht mehr sehen wird.«
»Vorerst nicht mehr sehen wird?« Etwas stach und schmerzte vor meinen Augen: ein Bild von Sils, wie sie am See entlangbrauste, hinten auf dem neuen Motorrad, das Mike sich mit dem Versicherungsgeld inzwischen sicher zugelegt hatte. »Der helle Wahn!« würde er brüllen, lachen und waghalsig die Kurven schneiden. Sie würden zu dem

Campingplatz des Nationalparks fahren, in einem blauen Minizelt liegen und sich aus Mikes Transistorradio »Brandy, You're a Fine Girl« anhören, dazu den Rhythmus auf Mikes Oberschenkel schlagen. Es traf mich wie ein Hieb auf den Kopf, ich fühlte mich elend und verlassen. »Mom, warum hast du ihr das alles bloß gesagt?« jammerte ich. »Du hättest ihr das nicht sagen sollen!«

»Berie«, sagte sie und bemühte sich um einen sanften Ton, »du solltest nicht jedes kleine Gefühl gleich so tragisch verzerren.« Danach schwiegen wir beide und starrten nach vorne auf die Straße, oder zur Seite, wo auf kilometerlanger Strecke erst kürzlich die Bäume abgebrannt waren – mach die Schleusen dicht! – und wo nun giftige Pilze aus der verkohlten Erde sprossen.

Als ich wieder in Horsehearts war, fuhr ich mit dem Fahrrad alleine zu meiner Großmutter Carr. Ich hatte bei ihr angerufen, und sie hatte die Uhrzeit vorgeschlagen: Viertel nach zwei.

Für den August war es kühl, aber mir war trotzdem warm von der Fahrradfahrt. Ermattet stieg ich die Stufen zu ihrer Vorderveranda hinauf. Die Tür stand offen, und so rief ich durch das Fliegengitter nach ihr. Sie erschien in einem leichten Sommerkostüm, ihre grauen Locken waren zu einem Knoten gesteckt. Sie führte mich in ihr Wohnzimmer mit den Bücherwänden, wo ich zwischen zwei Davenports und einem Chesterfield wählen konnte. Alle ihre Möbel waren düster und massig, sie wirkten wie altgedientes Hauspersonal. Ich entschied mich für den Chesterfield. Sie brachte mir Tee. Dann setzte sie sich mir gegenüber und nippte an ihrer Tasse. Ich sah zu Boden und tat so, als betrachtete ich die verworrenen kleinen Muster auf dem Perserteppich. Ich hatte sie nur selten besucht – ich konnte die Anlässe an einer Hand abzählen: einmal mit fünf, als ich sie in der Küche gefragt hatte: »Grandma Carr, wer ist älter, du oder Daddy?« Sie hatte mich böse angeschaut. *Dummes Kind!* Ein anderes Mal, mit sieben, hatten Claude und ich ihr ein Geschenk mitgebracht – einen alten Kastenteufel, den wir nicht mehr haben wollten. Mit zehn Jahren war ich einmal mit Sils zu ihr gegangen, wir hatten am Eßtisch gesessen und nach Keksen verlangt. Meine Großmutter hatte uns notgedrungen ein paar Graham Cracker geholt. »Können wir auch etwas Saft bekommen?« hatte ich gefragt, und nachdem wir mit vollgeschlagenen Bäuchen weggegangen waren, hatte sie meine Mutter angerufen und sich über unsere Ungezogenheit und unsere Ansprüche beschwert. Als ich nach Hause kam, nahm meine Mutter alle Gästehandtücher aus dem Schrank und ließ sie mich zur Strafe bügeln.

»Dein Vater hat gesagt, du bist in Schwierigkeiten geraten«, fing meine Großmutter nun an.

Zunächst schwieg ich. »Ein wenig«, erwiderte ich schließlich.

»Und jetzt soll ich dich auf den Wunsch deiner Eltern in die Mount Brookfield School schicken.«

»Ja«, sagte ich. Ich hatte vergessen, daß meine Großmutter die Kosten übernehmen sollte. »Ich denke schon.«

Sie schaute mich mit vagem Interesse an. »Hat es dir im Sommercamp gefallen?«

»Sogar sehr gut«, antwortete ich.

»Wirklich?« Das schien sie zu amüsieren.

»Ich fand es interessant, viele verschiedene Leute kennenzulernen, die aus allen möglichen Gegenden stammen«, erklärte ich, als sei ich ein lebendiger, sprechender Besinnungsaufsatz.

Sie nickte. »Wir haben deinen Vater auch einmal in ein

Ferienlager geschickt. Damals war er ein kleines Plappermaul, sehr lieb, aber ein Plappermaul, und dein Großvater und ich verbrachten die Ferien allein in Europa.« Sie schürzte die Lippen und nippte wieder an ihrem Tee; ich rechnete mit einem Schlürfen, aber es war keins zu hören. »Wir schickten deinen Vater in ein deutsches Sommercamp in New Hampshire, es nannte sich Kinder Koop. Nach seiner Rückkehr war er still wie ein Stein.« Sie hielt inne, um die gewünschte Wirkung zu erzielen. »Er war der scheue Mensch geworden, der er sein Leben lang bleiben sollte.«
Der wortlose Moment, der dann zwischen uns entstand, war lang, tief und klangreich wie ein Celloton – eine Mischung aus Katzendarm und Holz, aus Tier und Pflanze. »Natürlich war das ein Fehler«, sagte sie schließlich. »Für einen kleinen Jungen war das ein schreckliches Erlebnis, so allein gelassen zu werden.«
Mitleid schnürte mir die Kehle zu. *Dad!* Ich trank etwas Tee. Ich verschluckte mich und mußte husten.
Nun erhob sie sich von ihrem Sessel, um das Thema zu wechseln, und lief dramatisch im Zimmer auf und ab, als spielte sie in einem Theaterstück mit. Ich folgte ihr mit den Augen, und dabei wurde mir bewußt, daß sie keine Bilder von uns hatte – von ihren Kindern oder Enkelkindern –, nicht in diesem Zimmer, und soviel ich wußte, nirgendwo im ganzen Haus. »Als ich das Konservatorium besuchte«, sagte sie, »hatte ich bereits viel Trubel und Aufruhr erlebt. Wenn man nach dem Trubel zur Ruhe kommt, ist das hervorragend für die Musik. Wenn man von einer Lasterhöhle in einen Übungsraum kommt, bedeutet das Erholung, die uns von Gott geschenkt wird.« Sie hielt inne und schaute mich an. »Es verleiht einem Flügel. Ich hoffe, daß du in der Mount Brookfield School etwas Ähnliches für dich finden kannst.«

»Das hoffe ich auch«, erwiderte ich. »Ich meine, warum auch nicht?«
»Gut, mein Schatz ...« Sie stand noch immer; die Teetasse hatte sie bereits abgestellt. Nun blickte sie auf ihre Uhr. »Ich denke, du hast noch eine Menge zu erledigen. Aber ich wünsche dir alles Gute.« Ich stand auf, wie wohl von mir erwartet wurde, obwohl meine Tasse noch halb voll war. Sie schüttelte mir die Hand und küßte mich auf die Wange. Auf einmal hatte ich sie sehr liebgewonnen.
»Danke«, sagte ich. Ich schlang die Arme um ihre Taille und drückte sie fest. Ich preßte meine rechte Wange an die hellen Aufschläge ihrer Jacke und schloß die Augen. »Ich hoffe, ich werde ebenfalls so einen musikalischen Moment erleben«, sagte ich verlegen. Sie gab ein leises Summen von sich, als wollte sie lachen, und tätschelte mir den Kopf.

Von der Mount Brookfield School aus schrieb ich allen: Hayden Filo, Claude, meinen Eltern. Ich schrieb meiner Großmutter. »Hey, Omi« begann ich einen Brief, doch dann strich ich die Anrede durch und schrieb »Liebe Großmutter Carr«. Neben die durchgestrichene Stelle malte ich einen Pfeil und schrieb »Selbstportrait mit neuem Hut«. Sie hat mir nie geantwortet.
Dafür antworteten meine Eltern. Sie teilten mir mit, sie hätten mein Zimmer einem japanischen Austauschschüler überlassen und wüßten nicht genau, ob sie mich in den Herbstferien oder an Thanksgiving zu Hause unterbringen könnten, aber Weihnachten sei kein Problem.
Sils schrieb ich lange Berichte über den »köstlichen, kotzigen Campus«, über die vielen schweren Hausaufgaben, über den Speisesaal, in dem Hunde zugelassen waren und man nach Herzenslust Eis bekommen konnte (die Auflage

eines exzentrischen Wohltäters). Ich beschrieb die Mode, schottische Schulpullover, die zu kaufen ich mich weigerte, obwohl ich in der Stadt beinahe einen gepfändet hätte, den ich aber wieder zurücklegte.
Ich kleidete mich in einem Stil, den ich für glamourös hielt – in Schwarz und Gold. Hin und wieder ein Cape, einen Hut oder einen glitzernden Schal. Gesicht und Haare machte ich mir in einer Art Trance nach eigenen Vorstellungen zurecht: ein Theatersolo. Nach Anhaltspunkten sah ich mich nicht um. Meine Kostümierung war in keinem realen Kontext verankert. Wenn ich es übertrieben hatte, wenn es zu schillernd oder schrill geraten war, sagte ich den Leuten: »Hey, an der Horsehearts High School ist *das* der letzte *Schrei.*« Ich machte einen Witz daraus, eine komische Einlage. Doch wenn ich Anklang fand, wenn es den Leuten gefiel, flüsterte ich »Danke« und blieb ernst. Unter den Internen war ich der Paradiesvogel. Ich schloß mich den Klugschwätzern an.
Ich bekam meine Tage. Dieser Strom, dieser Sturm in meinem Körper erfüllten mich mit Freude und Angst. In den Drugstores starrte ich auf die Modess- und Kotexpackungen, auf die gesamte Hygieneausstattung, besessen von dem ganzen Drum und Dran. Ich steuerte sofort die hinteren Gänge an und drückte mich herum wie ein Dieb, der einen günstigen Moment abpassen will. Ich verweilte dort wie unter Hypnose, bis mich irgend etwas wieder herausriß, dann schlenderte ich zum Ausgang zurück, an der Parfümauslage vorbei, wo ich sämtliche Tester benutzte – ich sprühte mir den Duft auf die Handgelenke, hinter die Ohren –, um dann beim Hinausgehen von Bienen attakkiert zu werden.
Ich erhielt gute Noten. Ich lernte die Verwendung der Begriffe »nebulös« und »Juxtaposition« und versuchte, sie

möglichst oft einzusetzen: in meinen Aufsätzen oder auch beim Schlangestehen im Speisesaal.
Ich gewann eine Auszeichnung.
Ich bekam Brüste.
Eine Zeitlang erzählte ich noch meine flachbrüstigen Witze. Doch als meine eigenen Brüste größer wurden, nahm auch die Diskrepanz zwischen meinem Körper und meinen Witzen zu, so daß die Leute mir allmählich komische Blicke zuwarfen, wenn ich ihnen welche erzählte. Ich war in eine Zeitschleife geraten. Meine Brüste wurden größer – sie waren groß! –, doch ich bezeichnete sie immer noch als Mückenstiche. Ein Semester lang, ein verwirrendes, amphibisches Semester lang, in dem ich nicht wußte, wer ich war, wie ich aussah, welche Witze ich erzählen sollte, weil ich gerade vom Wasser aufs Land überging, versuchte ich, die Witze ganz einzustellen. Ich wartete so lange, bis ich genug erheiternde Pointen über *dicke* Brüste beisammenhatte, mit genug originellen Umschreibungen gewappnet war, genug selbstironische Bemerkungen über Brustlastigkeit sammeln konnte – Knüppel, Ballons, Tröten, Panzerfäuste –, um damit eine Party zu bestreiten, und erzählte dann solche. Im Aufzug eingeklemmt, von der Schwerkraft hinabgezogen werden, den Wald vor lauter Hüttenholz nicht sehen. Auf groteske Weise entfremdet, torkelte ich nach vorne, um meine Brüste auf das nächste Bücherregal sinken zu lassen. Ich übte mich in Slapstick. Es machte mir nichts aus. Durch diese Einstellung glich ich mich den anderen an: wie die anderen wartete ich nur darauf, auf eine der großen Universitäten zu gehen, weit weg von dieser ländlichen Abstellhalde für mäßig geliebte Kinder, zu einer großen Universität, die Relevanz und Realität verhieß.
Doch dann kam ich mit meinem ersten Freund zusammen,

einem Jungen namens Howie March. Ich hatte ihn beim Schlangestehen vor der Wäscheausgabe kennengelernt, als wir beide darauf warteten, unsere säuberlich verpackten Bündel abzuholen und unsere gebrauchten Bettlaken loszuwerden wie Körperbehinderte oder Geisteskranke oder Altenpflegefälle. Howie gehörte zum Ringerteam – er war leidenschaftlich, besessen und lieb. Er mochte mich. Wenn ich zu seinen Kämpfen und Turnieren ging, trug ich meine komischen schwarzgoldenen Hütchen und rauchte draußen auf dem Gang meine Zigaretten; anschließend schenkte er mir seine Trophäen, kleine Metallmännchen mit ausgreifenden Armen, die gerade loslegen wollten. Ich nahm sie in meinen Schlafsaal mit und hängte ihnen meinen Schmuck um. Ich liebte ihn heiß und innig, wie ein Waisenkind, mit Leib und Seele, mit allem, was in mir jüngst verbannt, verloren, zur Sexualität erwacht war. Ich hatte keine Ahnung, wer wir beide eigentlich waren; es gab nur den dichten Nebel der Liebe, Körper und geflüsterte Versprechen. Wir waren Kindsbraut, Kindsbräutigam, in dem anderen Tier suchten wir beide jeweils nach dem Herzen. Er liebte mich langsam, schnell, an die Wand gestellt, im Stehen. Sein nackter Körper – dessen Stärke und Verletzlichkeit, die stählernen Arme, sein Penis mit den zarten Adern, wie die Adern am Handgelenk, und dem gummiartigen Auge, das dem Tropfverschluß einer Klebstoffflasche glich – ließ mir keine Ruhe. Immer häufiger errötete ich. Zuvor war ich nie errötet. Mir fehlten das Fett, die Wallungen, die Hormone, das Gefühl für meinen eigenen Körper, die ein Erröten hätten bewirken können. Doch nun hatte ich meine Sexualität entdeckt, mit dem dazugehörigen Gefühl der Scham und des Beobachtetwerdens. Die dunklen, fahlen Ringe unter meinen Augen wurden immer blasser, mein Blick ausweichen-

der, und ich errötete leicht, täglich. Ich errötete noch jahrelang.
In meinen Briefen an Sils schrieb ich »Du fehlst mir!«, »Wie geht's meiner Süßen?«, und dann erzählte ich ihr von Howie: ein verdammtes Prachtstück. »Er hält mich auf Trab!« schrieb ich. »Zwinker, zwinker.« Und ich zeichnete ein Zwinkern.
Die wenigen Male, die ich meine Ferien zu Hause verbrachte, traf ich mich mit Sils, aber wir wußten nicht mehr so recht miteinander umzugehen. Wir sahen anders aus. Sie hatte sich die Haare zu langen, welligen Zotteln stufen lassen und trug eine dicke Lederjacke und Palazzo Pants. Ich war groß und runder geworden. In ihrem Zimmer sangen wir zwar beide, doch am Ende eines Songs klimperte sie einfach vor sich hin, und wir zogen uns in ein scheues Schweigen zurück. Wir griffen nicht mehr auf unser Repertoire zurück, auf jene Lieder, die wir bei Miss Field im Mädchenchor gelernt hatten oder aus dem Autoradio, oder durch die Band ihrer Brüder. Statt dessen führten wir mühsame Gespräche, obwohl sie die Kluft zwischen uns zu vertiefen schienen. Sie hatte mit Mike Schluß gemacht und war jetzt mit einem Jungen namens Doug zusammen, der Wohnmobile verkaufte. Vor Monaten waren ihre Brüder wieder einmal mit der Band nach Kanada geflohen. Ob ich aufs College gehen würde? Sie selbst wollte wohl in der Stadt bleiben und für die Post arbeiten oder etwas in der Richtung. Sie hoffte, eines Tages nach Boston oder Hawaii oder Santa Fé ziehen zu können.
»Oh«, sagte ich. Irgendwie hatte ich immer gedacht, wir würden gemeinsam aufs College gehen, in dieselbe Stadt; ich konnte mir nicht vorstellen, ganz ohne sie auskommen zu müssen.
»Wir haben dafür kein Geld«, erklärte sie. Aber sie schenk-

te mir ein ermutigendes Lächeln, wie eine große Schwester.
»Kein Problem«, sagte ich. »Echt nicht. Ich kann die Kohle beschaffen. Ich kenn da einen Trick mit abgerissenen Eintrittskarten.« Ich wollte sie zum Lachen bringen. Doch sie lächelte nur matt und fuhr sich mit den Fingern durch ihre neue Frisur. Sie wirkte erschöpft und traurig, und das weckte in mir den Wunsch, wegzugehen, zu fliehen, zurück zur Mount Brookfield School und zu Howie.

Ein Jahr lang war ich Howies Freundin, bis er Mount Brookfield verließ, vor mir seinen Abschluß machte und seinen Eltern zum Trotz mit zwei Kumpeln zur Alaska-Pipeline aufbrach, um dort nach drei Monaten im Schnee zu verschwinden, wie mir seine Mutter später mitteilte. Er war von jenem Schneewahnsinn befallen worden, der die Männer dazu brachte, sich auf ihre Pflüge zu setzen und immer weiter auf den blendendweißen Horizont zuzufahren, ohne je wiederzukehren.
Danach mußte ich mich zwingen, einen neuen zu finden, dann einen anderen, ohne je wieder diese ungestüme, jungfräuliche Liebe zu empfinden, ohne je noch einmal mein verwaistes Herz zu verlieren, und ich vermißte ihn noch jahrelang, Collegejahre lang. Unterdessen waren meine Eltern von Horsehearts an die Ostküste von Florida gezogen, gemeinsam mit meiner Großmutter, die mich, wenn ich zu Besuch war, mit dem unsteten, arroganten Blick der Sterbenden bedachte, weise Ausdruckslosigkeit der bereits Hinweggeschiedenen; sie weigerte sich, ihre Gesichtszüge zu regen. Sie hatte kein Interesse an den Lebenden; wenn jemand sprach, langweilte sie sich rasch. Wenn sie gähnte, konnte ich die schwarzweißen Würfel ihrer gefüllten Zähne sehen, das unmerkliche Rinnen ihres

Speichels, die zusammengenommen ein Bild des Abschieds ergaben. Einem Menschen wird im Lauf seines Lebens soviel Trennungsschmerz zugemutet, soviel dumpfes Entsetzen abverlangt, mehr, als er ertragen kann. Mehr, als er eigentlich ertragen kann.

Nach dem College kehrte ich noch einmal nach Horsehearts zurück, anläßlich eines Klassentreffens. Zehnjähriges. Ich wurde eingeladen, obwohl ich auf der Mount Brookfield abgeschlossen hatte – »Eine reine Detailfrage«, schrieb Susie Vito, die Klassensprecherin, die mit mir im Kindergarten gewesen war. Sils schrieb mir. »Falls du kommst, komme ich auch«, war ihre Nachricht. »Das Treffen findet in einem Motel statt. Aber übernachte bitte bei mir. In meinem Haus ist Platz genug.« Sie lebte immer noch in Horsehearts, zahlte eine kleine Miete, arbeitete als Briefträgerin und reichte Versetzungsgesuche ein. Ihre Handschrift war unverändert schwungvoll und elegant, ihr *f* ähnelte einem Violinschlüssel, ihr *s* einer Blume.

Wie viele andere auch kam ich mit dem Auto angereist, hatte das Rauchen noch nicht aufgegeben, meine Haare kurz geschnitten und einige Kreditkarten sowie etwas Geld in der Brieftasche. Wie unkompliziert, offen und herzlich Sils bei diesem völlig konfusen Treffen auftrat! Sie rannte auf mich zu und umarmte mich so lange, daß ich mir verlassen vorkam, als sie mich wieder losließ. Ihr Gesicht zeigte bereits feine Linien – die Falten um ihren Mund hatten sich vertieft –, doch ansonsten war sie die alte geblieben. Sie war es! »Deine Frisur ist klasse«, sagte sie und ergriff meine Hand. Wie freundlich sie war! Sie war ein bezaubernder und liebenswürdiger Mensch, und ich hatte das fast vergessen. Ich war in die Welt hinausgezogen und dabei der Vorstellung erlegen, *ich* sei gut und herzlich, verglichen mit der erbitterten Schärfe und Zerrissenheit, die mir überall begegneten. »Was kann ein Mädel aus Horsehearts dazu schon sagen?« mußte ich nur hauchen, und dann strichen mir Männer über das Gesicht; in New York, Boston, Paris schenkten sie mir ihr Lächeln. Doch als ich nun nach Horsehearts zurückkehrte, wurde mir nach langer Zeit zum erstenmal wieder bewußt, was Liebenswürdigkeit bedeutet. Verglichen mit dem, was mich hier erwartete, war ich bitter geworden, kleinlich und überheblich. Herzlichkeit war mir mittlerweile fremd, sie war aus meinem Alltag gewichen. Ich lernte keine liebenswerten Menschen kennen. Ich traf mit Leuten zusammen, die geistreich waren, abgebrüht, leistungsfähig, erfolgreich, eindrucksvoll. Einige waren auch verletzlich. Andere wiederum unsicher. Doch niemals herzlich, wie Sils herzlich war. Sie hatte jene Herzlichkeit, die ich mir lange Zeit bewahrt zu haben glaubte, bis ich wieder mit ihr zusammenkam – sie war mir gegenüber zwar seltsam scheu, doch wie immer strahlte und grinste sie, ihre Stimme hatte jenen sanften, kindlichen Ton, den ich so lange nicht mehr gehört hatte – und mir schlagartig bewußt wurde, was ich selbst verloren hatte.

Wir sprangen zusammen in das Motel-Schwimmbad, in voller Kleidung, prusteten vor Lachen und ertranken beinahe. Gemeinsam schwammen wir zum flachen Ende des Beckens, und als sie mit ihren nassen, enganliegenden Kleidern, die wie Leder glänzten, hinausstieg, mit ihren Haaren, die im Rücken zusammenströmten, sahen sich alle nach ihr um. Obwohl ihr Gang schleppender geworden war, hatte sie ihre schlanke und kühne Erscheinung bewahrt; ich konnte sehen, daß sie ihre erotische Anziehungskraft hier keineswegs eingebüßt hatte. Alle Jungen von Horsehearts, die in der Stadt geblieben und nun leitende Angestellte in den Supermärkten, Kinos oder der Rollschuhbahn geworden waren, dachten in der Nacht nach wie vor an Sils. In diesem verwunschenen Waldnest war sie die Königin aller Wünsche.

Wir saßen in Liegestühlen, ließen uns von der Sonne trocknen und rauchten entspannt unsere Zigaretten, zusammen mit Randi, die immer noch die alte zu sein schien, nur daß sie ihre Mary-Kay-Tage nun hinter sich hatte und Travis hieß; der neue Name stand auf dem Schildchen auf ihrer Brust, darunter Randi in Klammern. (Durfte man so etwas wirklich tun? Durfte man seine Vergangenheit, die ermüdende Chronik seines Kämpfens und Scheiterns, einfach in Klammern setzen?) Wir tuschelten über die auffällige Kahlköpfigkeit der Jungen. »Sie sehen noch genauso aus wie vor der High-School«, bemerkte Sils, »nur daß sie inzwischen keine Haare mehr haben, und in ihren Brieftaschen stecken statt Kondomen jetzt Photos, die ihre Eigenheime vor und nach der Renovierung zeigen. Willkommen zum Wiedersehen mit Horsehearts.« Als sie an ihrer Zigarette zog und den Rauch in die andere Richtung blies, suchte ich in ihren Zehennägeln nach den Agenten aus U. N. C. L. E., doch vergebens.

Nach dem Nachmittagsempfang mit kaltem Buffet gingen wir fort, um unsere Drinks in einem neuen Restaurant einzunehmen, das Sils »Raffrattenland« nannte. Dort gab es eine lange Salattheke und einen großen offenen Grill. Man durfte sich sein Fleisch selbst zubereiten. »Verbrenne dir das eigene Fleisch«, scherzte Sils. Ich lächelte in der Hoffnung, nicht allzu distanziert zu wirken. Was hatte es wohl zu bedeuten, daß sie hiergeblieben war, in Horsehearts, immer an einem Ort, wie ein Baum? Auch wenn ich wußte, daß man dadurch seine Wurzeln nur weiter vertiefte und kräftigte, bestand doch immerhin die Gefahr, daß einem die Beine zusammenwuchsen oder gar abstarben, von dem eigenen standhaften Schatten umgebracht. »Das liegt an dem Coleslaw hier«, sagte Sils. »Ich kann davon einfach nicht genug kriegen. Manchmal denke ich mir, na ja, paß bloß auf: Das Kraut allein wird dich ewig an diese Stadt binden.«

Später fuhr sie mit mir durch das Städtchen, um es mir noch einmal zu zeigen. Die Gärten wirkten leerer und größer als in meiner Erinnerung, die Häuser standen weiter auseinander und waren leicht verfallen, aber ganz hübsch. Einige Male stiegen wir aus und gingen ein Stück zu Fuß. Es war niemand auf der Straße. Die alten quarzhaltigen Pflastersteine funkelten, bis wir zu einem Stück kamen, das repariert und durch neuere, beigefarbene Platten ersetzt worden war. Als wir an meinem alten Haus vorbeifuhren, kam es mir in seiner Fremdheit abstoßend und obszön vor; in meinem Kopf hatte ich ein anderes bewahrt. Dieses wirkte außerirdisch. Es wirkte beschlagnahmt. »Laß uns hier wieder verschwinden«, sagte ich. Die Straßen waren ländliche Straßen, immer noch baumbestanden, voller Sehnsucht und Verzweiflung, auf der Suche nach etwas, nach irgendeinem Ereignis; sie waren Straßen des Hörensagens – gewundene, rastlose Straßen, die hier und dort nach vorne zu führen schienen, doch dann kehrten sie in einem Bogen zu sich selbst zurück, wie Schlangen, die sich in den eigenen Schwanz beißen.

Als wir durch den kühlen Sog der Adirondack-Nacht in Sils' Haus zurückgekehrt waren, schlüpften wir beide in Pyjamas und ließen uns schläfrig auf ihr Wasserbett fallen, das groß und beheizt war; an jedem anderen Ort hätte ich das vielleicht geschmacklos gefunden, doch hier verhieß es vollkommene Ruhe und vollendete Form, das Treiben eines Toten auf stillen Gewässern, während Sils davon sprach, ihre Briefe künftig in Hawaii auszutragen.

»Ist das überhaupt möglich?« fragte ich.

»Klar.« Sie erzählte noch etwas mehr von ihrem Leben hier, der eingefahrenen Routine. Ihre Mutter war gestorben. »Ein Leben lang hat sie sich in diesem Motel abgerakkert, und dann ist sie einfach gestorben, ohne von meinem Vater auch nur eine Postkarte zu erhalten.« Ihre Brüder waren nach Texas gezogen und hatten eine Band namens The Jackhammer Hamsters gegründet. »Schon mal was von denen gehört?«

»Ich glaube nicht«, erwiderte ich.

»Sie werden allmählich zu *alt*«, flüsterte sie und schauderte leicht.

Sie liebte Hawaii. Einmal war sie dort gewesen – mit einem Kerl namens Mel – und hatte am Flughafen einen großen Bildband mit dem Titel *Wunderwelt Hawaii* erstanden. Sie stand vom Bett auf, um ihn zu holen, legte ihn dann auf die bauschende Decke und zeigte mir einige Bilder: unberührte Strände und strahlender Himmel. Weit und breit kein Adirondack in Sicht. »Seit drei Jahren schon stehe ich bei der Post auf einer Versetzungsliste«, erklärte sie.

»Dann ist es wohl nur noch eine Frage der Zeit.«

»Wahrscheinlich.«

»Mensch«, seufzte ich.

»Genau.« Ihr Lächeln war bittersüß.

Fieberhaft suchte ich im Geiste nach all den Dingen, die ich sagen wollte, sagen konnte, sagen durfte. »Weißt du was?«

»Was denn? Schieß los!«

»Ich bin verlobt.«

»Das kann nicht dein Ernst sein. Echt?« rief sie begierig. »Zeig deinen Ring her!«
»Wir halten es ganz schlicht – preiswert und minimalistisch: keine Ringe, keine Hochzeit. Einfach nur – Heirat.« Ich seufzte.
»Wie zeitgemäß!«
»Genau. Statt ›Ich will‹ sagen wir dann einfach ›Hier‹.«
»Und wie heißt Mr. Hier?«
»Daniel Hiawatha Bergman.«
»Das soll sein Name sein? Das glaub ich nicht!«
»Ich schwöre bei Gott.«
»Ist er ein netter Kerl?«
Ein netter Kerl. Das klang so nach Martha and the Vandellas. Doch so war Horsehearts nun einmal. So klang Horsehearts.
»Ja. Er ist ein netter Kerl.«
»Toll, Berie, ich freue mich so für dich. Du hast einen netten Kerl verdient.« Nun seufzte sie. »Ich habe auch immer gewußt, daß du einen abkriegen würdest. Ich habe immer gedacht, von uns allen wirst du den besten Mann finden.«
»Hast du wirklich?«
»Aber natürlich. Du hattest nur keine Ahnung. Natürlich.« Einen flüchtigen Moment lang hatte ich das Gefühl (das wohl jeder kennt), meine armselige Zukunft vorwegzunehmen, mit all ihren verfließenden Perspektiven; ich fühlte mich auf diffuse Weise traurig und undankbar. Es war ein Moment der Stille, man schaute sich um, und zu seiner Enttäuschung sah man nur einige Felsen, sengende Sonne und billiges Metall.
»Du wolltest Abenteuer erleben, doch statt dessen bist du im Abenteuerpark gelandet«, pflegte Sils immer zu sagen. Ich sehnte mich nach einem ganz bestimmten Gefühl

zurück: dem Gefühl, sich einem Raum zu nähern, den man noch nie betreten hatte. Nun, da ich bald heiraten wollte, hätte sich dieses Gefühl eigentlich wieder einstellen müssen. Doch brachte ich dieses Gefühl mit einem ganz anderen Teil meines Lebens in Verbindung: dem Vorzimmer der frühen Jugend, von Lachen erfüllt, da man sich unlängst erst mit der Welt verlobt hatte und die Vorfreude im Herzen klang wie ein Orchester, das sich gerade einstimmte, noch unverbundene, fantastische und verrückte Töne spielte – danach sehnte ich mich zurück! –, nach jenem Auftakt, der soviel aufregender war als das Stück selbst.

Pièce – das französische Wort für Stück und Raum – fiel mir ein, die Fremdheit der Nacht, und gerade dieser Nacht, betäubte mich wie eine Droge.

»Wollt ihr denn Kinder haben?« fragte Sils. Sie verkroch sich unter die Decken.

»Klar«, erwiderte ich. »Warum nicht?«

»Das ist toll«, sagte sie. Doch plötzlich bekam ihr Gesicht einen verhärmten Ausdruck. »Toll.« Sie gähnte. »Wir sollten jetzt wohl lieber schlafen.«

»Es war ein langer Tag.«

»Gute Nacht, Berie«, sagte sie und schaltete das Licht aus. Im Dunkeln fügte sie noch hinzu: »Herzlichen Glückwunsch! Danke. Ich liebe dich.« Sie hielt inne. »Habe ich was ausgelassen?«

»Viel Glück«, warf ich ein. »Fahr vorsichtig. Tritt dir die Füße ab. Alles Liebe zum Geburtstag. Laß es dir gutgehen. Da hast du eine Menge vergessen.«

»Hoch sollst du leben«, murmelte sie schläfrig. »Hals- und Beinbruch. Das ist das wichtigste.« Sie preßte sich das Laken an die Brust und drehte sich um, während das Wasser unter uns sanfte Wellen schlug. Ich lag im Dunkeln

neben ihr und fühlte mich wie ein Wesen, das durch eine feuchte Ritze oder eine lose Dachschindel eingedrungen war: eine Fledermaus, die in Sils' Haus leise hin und her flattern konnte. Warum nicht? Fledermäuse, das wußte ich, waren sentimental. Sie kehrten an ihre frühere Lebensstätte zurück, selbst wenn man sie ausgesperrt hatte; sie spürten ihrem eigenen Geruch nach. Ich konnte nicht schlafen. Ich lag auf den Decken, was das Aufstehen leichtmachte. Ich rollte aus dem Bett, trat ans Ufer, in ihr Haus hinein, und erkundete die Räume, berührte die Dinge. Ich konnte sie zwar nicht wirklich sehen, aber ich konnte sie ertasten: ein besticktes Kissen, einen Stapel Prospekte, kleine Katzenfiguren aus Keramik – als ich diese Katzen entdeckte, war ich eher verblüfft und enttäuscht als schockiert –, ein großes, in Glanzfolie verpacktes Schokoladenei, ein Körbchen voller Haarbänder und Spangen.
Ich ging ins Badezimmer. Ich berührte die Handtücher, die Halter, die Waschlappen. Ich knipste das Licht an und öffnete das Arzneischränkchen: Ohrstäbchen, Nagelfeilen und dunkle Bienenwachsseifen. Ich schraubte die Tablettenfläschchen auf und nahm ein Aspirin und ein Tylenol. Ich tupfte mir Parfüm auf die Handgelenke, zog mich aus und stellte mich unter die Dusche, um mir die Haare mit ihrem Shampoo zu waschen – ein Aprikosen-Walnuß-Gel, das nach Sils roch. Ich duschte lange – benutzte ihren Rückenschrubber und ihre Balsamspülung, während das ganze Badezimmer mit Dampf beschlug. Ich rieb mich mit einem schmuddeligen Rest Bienenwachsseife ein, den ich aus dem Duschregal geangelt hatte. So fühlte ich mich auf diebische Weise mit ihr verbunden, als würde ich in dieser Dusche durch die Verwendung ihrer Sachen, ihrer neuen Körperpflegemittel, die Person besser verstehen lernen, die sie in der Zwischenzeit geworden war. Den ganzen Abend

lang hatte ich in Erinnerungen geschwelgt, sie aber hatte kaum eingestimmt. Statt dessen hatte sie mir zahllose kleine Aufmerksamkeiten erwiesen – sie legte mir ihren eigenen Pullover um die Schultern, brachte mir Tee. Wie konnte ich eigentlich davon ausgehen oder hoffen, daß sie sich unsere gemeinsamen Erlebnisse im Innersten bewahrt hatte, ohne sie beiseite zu schieben, um Raum zu schaffen für ganz andere Zeiten, Bindungen und Erfahrungen, die sie inzwischen erfüllt und geprägt hatten? Selbstverständlich rechnete ich nicht mit Bekenntnissen. Oder aber ich konnte gar nichts anderes erwarten als Bekenntnisse. Sie hatte welche ausgesprochen. »Ohne dich ist es hier einfach nicht mehr dasselbe«, hatte sie am Nachmittag zweimal bemerkt. Aber ich war gierig. Drei war die magische Zahl. Ich wollte, daß sie es noch einmal sagte.

Ich verließ die Dusche, wickelte mir ein Handtuch um und ging ins Bett zurück, wo sie in verblaßten Paisleymustern zusammengerollt schlief und das Tuch über ihr hing wie ein alter Wollvorhang. Ich kroch leise unter die Dekken, meine Haare waren noch naß, und ich spürte, wie das Wasserbett unter mir nachgab, ein gallertartiges, lebendiges Etwas.

»Hast du gerade *geduscht*?« murmelte Sils plötzlich zu meiner Überraschung.

»Ja, das hab ich.«

Sie hielt die Augen geschlossen und rückte sich das Kissen zurecht, um weiterzuschlafen. »Du warst schon immer ein seltsames Mädchen«, sagte sie verträumt.

»Ach was«, erwiderte ich. »War ich nicht.«

Sie lachte schläfrig. »Du solltest mich mal zu dir nach Hause einladen und die vielen verrückten Dinge erleben, die ich dann anstellen werde.«

»Das mache ich«, sagte ich. »Gern.« Obwohl ich mir bereits

ausgemalt hatte, wie es mir ergehen würde, sobald ich zu meiner neuen Arbeit und meinem neuen Leben zurückgekehrt war, inmitten von soviel Ablenkung und Geschäftigkeit. Ich wüßte nicht, wie. Oder warum. Trotz meiner Neigung und Ausbildung zur musealen Verwahrung der Vergangenheit, trotz des Schutzraumes, den ich ihr wie ein Priester gewährte, und des historischen Minnedienstes, dem ich mich widmete, wußte ich nie, was ich mit all den Jahren meines eigenen Lebens anfangen sollte: Sollte ich für immer und ewig in ihnen herumstapfen, wie in alten Stiefeln – oder sollte ich mich von ihnen trennen, sie in Freiheit ziehen lassen?

Natürlich konnte man weder das eine noch das andere tun. Doch man konnte es immerhin versuchen und auch vortäuschen. Bis man sich schließlich einen Zwischenraum schuf, um dort sein Leben einzurichten.

Ich rollte mich neben Sils zusammen und schloß die Augen. Mein Schlaf war von leichter, wäßriger Beschaffenheit, wie bei einem Kranken, der den Tag bereits verschlafen hatte und in der Nacht aufwachte, ohne zu wissen, was er nun tun sollte.

Am nächsten Morgen brachte sie mir Kaffee. Sie brachte mir einen Salat.

»Das ist der beste Salat, den ich je gegessen habe«, sagte ich. Ich hatte beschlossen, meine Wehmut für einen flüchtigen Moment mit Koffein niederzukämpfen. »Besser als alle anderen. Der beste Salat in meinem ganzen Leben.«

»Das liegt am Dressing«, sagte sie. »Eine Art Frühstücksrezept: Ich habe ihn nämlich mit Eiern und Speck angemacht.« Sie zuckte die Achseln und lächelte.

Ich stellte meine Tasse ab. »Spielst du noch Gitarre?«

»Selten«, sagte sie.

»Malst du denn noch?«
»Nee.« Sie machte eine abfällige Handbewegung. »Na ja, *eins* habe ich doch gemalt«, sagte sie und ging auf die Veranda, um eine kleine Leinwand zu holen, auf die eine Schale Obst gemalt war. Die Schale war silbern, und Sils hatte die winzige Spiegelung einer Frau eingefügt, Kopf im Freien, Haare nach hinten geweht. »Das bin ich beim Versuch, mich auf die mittleren Jahre gefaßt zu machen«, erklärte sie. Und wir brachen beide in lautes, fröhliches Gelächter aus.
Sie war vermutlich der liebste Mensch, der mir je begegnet war. Und doch gab ich in den folgenden Jahren jeden Glauben an eine solche Eigenschaft auf, gab ich selbst diese Eigenschaft auf. Ich mußte mich beherrschen, denn immer hatte ich das Bedürfnis, jedem ausnahmslos mitzuteilen, was ich wirklich von ihm hielt. Diesem Drang, diesem Zwang konnte ich kaum widerstehen, vergebens biß ich mir die Zunge blau. *Lächerlich, so etwas zu behaupten. Man hat dir als Kind wohl einiges durchgehen lassen.* Ich konnte mich einfach nicht zurückhalten. *Du bist kleinlich. Du teilst dich so sparsam mit wie ein kostbares Gewürz. Du idealisierst alles; du bist ein Narziß. Du willst dich doch nur in den anderen gespiegelt sehen. Das ist billig. Du bist billig. Du willst einen immerzu belehren. Du bist ein Faschist. Du bist ein Tyrann. Ich habe Tyrannen schon immer verabscheut. Diese Farbe steht dir überhaupt nicht.* Es war, als hätte man mir auf den Kopf geschlagen.
Ich fuhr noch am selben Vormittag los. Sils begleitete mich zu meinem Wagen und umarmte mich lange. »Ach, Berie«, klagte sie, »wie kommt's, daß wir auf einmal so alt und weit entfernt sind«, dann trat sie zurück, machte kehrt und ging auf die Vorderveranda zu, dort drehte sie sich noch einmal um und winkte mir. »Ich werde mir einen

Hund zulegen«, rief sie; das war auch das einzige, was noch fehlte.

»Klingt gut«, sagte ich einfältig. Ich startete den Motor.

»Viel Glück mit der Historischen Gesellschaft – was auch immer du dort treiben magst«, rief sie noch.

»Photos archivieren. Ich horte alte Bilder«, rief ich zurück.

»Dann tu, was du nicht lassen kannst«, sagte sie. »Horte deine Bilder, altes Mädchen!« Sie schüttelte die Faust und lachte. Dann strich sie sich ein paar Strähnen aus der Stirn und verschränkte die Arme vor der Brust. Sie zeigte ein breites Lächeln, das dann aber zu einer förmlichen Maske gefror. Vielleicht verspürte sie als Frau plötzlich Verlegenheit, weil wir uns als Mädchen anders gekannt und verstanden hatten. Ich winkte ebenfalls und drückte so lange kräftig auf die Hupe, bis ich unter einem sommerlichen Blätterdach das Ende der Straße erreicht hatte und in die Hauptstraßen von Horsehearts hinausfuhr.

Ich fuhr acht Kilometer weiter westlich zu einem Lokal, das The Horsehearts Country Restaurant hieß. Dort sollte ich mit LaRoue zu Mittag essen. »Du mußt LaRoue besuchen«, hatte meine Mutter gesagt. »In letzter Zeit ist sie sehr deprimiert, sie ruft auch öfter an, weil sie Geld braucht.« Sie war nicht mit meinen Eltern nach Florida gezogen, sondern im Norden geblieben, wo sie sich ihren Lebensunterhalt damit verdiente, die Fohlen von der Rennbahn zu striegeln. Manchmal arbeitete sie auch als Putzhilfe in einem Restaurant. Für diesen Tag wollte sie den Besitzer bitten, sie mit Essen zu entlohnen. »Ein Essen für mich und meine Schwester!« hatte sie am Telefon gerufen, auf eine Art, die mich erschreckte. Die Zähne waren ihr ausgefallen, und da ihr Gebiß drücke, verzichtete sie lieber darauf. Sie hatte mich am Telefon vorgewarnt.

Sie erwartete mich im Vorraum des Restaurants. Sie war sogar noch dicker geworden, und ihr Lächeln wirkte scheuer, durch die rote, zahnlose Öffnung aber auch gewagter. Ihr kurzes weizengelbes Haar lag wie eine Kappe an ihrem Kopf, aber stellenweise war es schütter und im Nacken ausrasiert. Sie kam auf mich zu und nahm mich in die Arme, und als sie mich zu unserem Tisch führte, hielt sie einen feisten Arm weiterhin um meine Schultern. Mir fielen ihre Fingernägel auf, die so weit abgekaut waren, daß sie wie Muschelscherben in ihrem Nagelbett versanken. Ihre Nagelhaut war rissig und schmutzig.

»Was hast du so getrieben!« wiederholte sie ständig, nachdem wir uns gesetzt hatten. »Bestell alles, was du magst!«

Hühnchen in Sahnesauce, fritiertes Gemüse, Käsesandwiches mit Suppe. Es war schier unmöglich, an die vielen Gründe erinnert zu werden, weshalb man einen Menschen einfach übergangen, ihn ausgeschlossen und nie geliebt hatte, und gleichzeitig ein Essen zu bestellen. »Ich kann mich gar nicht entscheiden.«

»Nimm, was du willst! Das geht klar. Ich hab das schon klargemacht.« Sie lächelte.

»Bist du sicher?«

»Und wie! Ich hab mich schon die ganze Zeit darauf gefreut!«

»Wirklich? Das ist ja lieb.«

»Berie, ich schwör's dir; ich hab dich echt vermißt. Ich hab an dich gedacht und mir gesagt: ›Was ist bei dem Mädel eigentlich so los? Ich muß ihr unbedingt ein Essen spendieren. Ich muß ihr alles spendieren, worauf sie Appetit hat.‹«

Als LaRoue sich drei Jahre später in der psychiatrischen Abteilung des Bezirkskrankenhauses erhängte und die Krankenschwestern zu spät kamen, sollte ich mich wieder an diesen Übermut erinnern, an dieses nervöse, hilflose Geplapper, in dem gleichwohl echte Zuneigung mitschwang.

Dagegen war ich recht förmlich. »Danke sehr«, sagte ich bloß. Obwohl ich so gerne mehr tun wollte, denn als ihre Pflegeschwester hatte ich nie etwas für sie getan, nichts. Ich wollte immer nur mit Sils zusammensein. Eine Form von Flucht, was Liebe vielleicht grundsätzlich ist. Die Welt mit ihren klugen Köpfen, Flüchtlingen und Konflikten war für einen kurzen Besuch immer wieder bis an meine Türschwelle vorgedrungen – Mr. Sabeke aus dem Kongo beispielsweise oder Jose Meyers aus Argentinien –, sie alle waren zu uns ins Haus gekommen, Menschen, die gerade das Gefängnis verlassen hatten (*Freund* oder *Feind*? hatte ich einen Mann namens Ed Stetson gefragt, als ich zehn war, und auf seinem Feldbett hatte er gebrüllt vor Lachen), Menschen, die verwaist und bedürftig waren, wie LaRoue, doch hatte ich niemand anderen gewollt als Sils. Sils, die lächelnd und rauchend in meinem Zimmer bei mir saß, um die hektische, lärmende, in fremden Zungen redende Welt in Schach zu halten. Selbst wenn sich unsere Freundschaft darin erschöpfte, wurde ich ihrer niemals überdrüssig. Wenn sie nur am selben Ort, zur selben Zeit lebte wie ich, reichte das aus. Wenn wir jeden Abend miteinander telefonierten. Wenn nur keiner dazwischenkam, kein quacksalbernder Fremder Ansprüche geltend machte, um unsere Jugend zu belasten, konnte sie sich wie ein herrlicher Strand vor uns erstrecken. Ich hatte keine anderen Aussichten gewollt. Nur das einfache, vorweltliche Leben, das wir führten.

Für LaRoue hatte ich nichts getan.

»Hoffentlich bist du mir nicht mehr böse, wegen früher, als

wir noch Kinder waren«, sagte LaRoue. Es traf mich wie ein Schock.

»Warum sollte ich?« fragte ich.

»Ach, ich weiß nicht. Ich muß nur manchmal daran denken und habe das Gefühl, daß ich zu dir und Claude ziemlich gemein war.«

»Du warst nicht gemein.«

»Lieb, daß du das sagst«, erwiderte sie.

»Nein. Ich hab's wirklich so *gemeint.*«

»Du warst nicht *gemein*. Ich hab's so *gemeint*«, trällerte sie und lachte nervös auf. »Siehst du den Tisch da drüben? Heute morgen habe ich gesaugt, und rate mal, was ich darunter gefunden habe?«

»Was denn?«

»Geld«, verriet sie, als sei dies ein Geheimnis, das mich besonders beeindrucken könnte.

»Schön«, bemerkte ich. »Wieviel?«

»Einen Fünfer.«

»Toll«, sagte ich, auch wenn ich ihr von Herzen einen Zwanziger gegönnt hätte.

Ich bestellte einen Hühnchensalat, und sie bestellte eine Suppe mit einem weichen Muffin. Wir sprachen über meine Eltern, über Claude, der mit seinem Computerunternehmen in Baltimore so erfolgreich war, über Hunde, Fohlen und Jockeys. Wir sprachen über Horsehearts und wie es vor fünfzehn Jahren gewesen war.

»Du und Silsby Chaussée«, sagte sie, »ihr wart einfach unzertrennlich; die ganze Stadt hat doch davon gesprochen.«

»Wirklich?«

»Na ja, irgendwie schon. Klar, heute muß einiges mehr passieren, damit hier überhaupt gesprochen wird.«

Ich lächelte und versuchte, darauf einzugehen. »Was denn zum Beispiel?«

»Wie wär's mit einer Podiumsdiskussion?« sagte sie, und wir lachten beide laut auf.

Wir hatten unsere Mahlzeit beendet, aber es kam keine Rechnung. Nach einer Weile standen wir auf und gingen aus dem Speiseraum in die Eingangshalle zurück, wo sie mir den Restaurantbesitzer vorstellte, einen kräftigen, leutseligen Kerl, der LaRoue liebevoll im Arm hielt. Ich hatte den Eindruck, daß er nett zu ihr war, und für den Bruchteil einer Sekunde schien sie glücklich zu sein.

»Sie sind also zum Klassentreffen hergekommen?« fragte er mich.

»Ja, und auch, um LaRoue zu besuchen«, erwiderte ich. Log ich.

»Diese Klassentreffen haben's ja manchmal in sich«, sagte er.

»Das hast du bestimmt schon hundertmal erlebt«, scherzte LaRoue auf diese provinzielle, neckische Weise.

»Tausendmal!« rief er. »Klassentreffen«, sinnierte er. »Muß man sich wohl oder übel mit abfinden, was soll man sonst machen?«

»Stimmt«, entgegnete ich. »Was soll man sonst machen?«

»Hat mich gefreut, Sie kennenzulernen«, sagte er und schüttelte mir die Hand. LaRoue tätschelte er den Rücken. »Das Essen geht auf mich.« Nachdem er gegangen war, bemerkte ich, daß ihr etwas Kummer bereitete.

»Alles in Ordnung?« fragte ich.

»Na klar.«

Ich hatte noch eine Strecke von vierhundertfünfzig Kilometern zu fahren.

»Es war schön, dich wiederzusehen, LaRoue«, sagte ich.

Ich gab ihr einen Kuß, legte meine Arme um sie, nahm sie

in ihrer ganzen unförmigen, abstoßenden Hilflosigkeit auf. Dann stieg ich in den Wagen.

»Paß auf dich auf«, sagte sie. »Paß gut auf dich auf.«

Als ich dann alleine den Northway entlangfuhr, quälte mich ein Gefühl der Zerrissenheit, das weit über meine Kräfte ging. Ich weinte, weil ich gerade einen Menschen auf eine unerträglich trostlose Weise verlassen hatte. Ich weiß nicht, warum ich mir ausgerechnet diesen Zeitpunkt aussuchen mußte, um zu trauern, um alles wieder heraufzubeschwören – meine eigene Kälte und Härte, meine sparsam bemessene Zuneigung, die ich stückchenweise verteilte, zwei, drei, vier. Ich hätte mich früher oder später darauf besinnen können, anläßlich einer dieser schweißtreibenden, beklommenen Beerdigungen (meine Großmutter, LaRoue, mein Vater, der eines Morgens in Vero Beach seinen brennenden Arm gepackt hatte und tot vom Stuhl gefallen war, nachdem er meiner Mutter mit den Lippen bedeutet hatte: »Hilfe. Herz. Ich liebe dich« – nach jedem Todesfall blieb die Welt einsamer zurück), es hätte bei anderer Gelegenheit eintreten können, wenn die Sonne weniger strahlte und im Radio gerade keine Nachrichten kamen, wenn ich meine Arme nicht wie ein Nest um das Steuer geschlungen hatte und mein Leben in Ordnung war, wie ich dachte, in schönster Ordnung. Es hätte zu jedem anderen Zeitpunkt eintreten können. Doch geschah es dann: Ich weinte um Sils und LaRoue, und die ganze Liebe und die ganze Reue, die ich verspürte, waren Sterne, eine Million Jahre nach ihrem Tod verströmten sie ihr Licht; ich weinte um die Jungen, mit denen ich nicht mehr zusammen war, um die Menschen und Orte, die ich nicht länger gut kannte, um meine Eltern und meine Großmutter, die krank in Florida festsaßen, während ihre zähen, unwandelbaren Gestalten nur noch im Gedächtnis zu fin-

den waren: wie in einem Schmuckkästchen, verwahrt in einem Arzneischrank auf dem Dachboden eines Hauses auf dem Mond; dort waren ihre unwandelbaren Gestalten eingefangen. Ich weinte um alle und um jene blinde, tapsige Liebe, die man in die Welt hinaussandte wie eine Art Gassenhauer, der bis in den Weltraum dringt und in eine fremde Galaxie überspringt, wie eine Melodie, deren Zauber die Worte wahr klingen läßt, so daß man ihnen einfach glauben muß! Ein solches Lied konnte man niemals für sich behalten, niemals zurückhalten. Man gab es preis, und es entwickelte ein Eigenleben, geriet außer Hörweite, sprengte die Vorstellungskraft, entzog sich jedem Zugriff, wie eine Rakete, die man im Schlaf erfunden hatte.
Zum nächsten Klassentreffen, das fünf Jahre später stattfand, kam Sils nicht mehr, statt dessen schickte sie Blumen aus Hawaii: *Für den Jahrgang '74. Alles Liebe, Sils Chaussée.* Von da ab schickte ich ebenfalls Blumen mit einer Karte und ließ mich dort nie wieder blicken.

Man kann aus einem Traum erwachen, nur um festzustellen, daß man bereits in einen anderen eingetaucht ist, wie bei einem endlosen Rosenkranz, der im Geist heruntergebetet wird. Wenn das eintritt, kann man kaum unterscheiden, was Traum ist und was nicht; die wache, nicht erträumte Welt rauscht an einem vorbei, Licht und Luft sind wie rasende Blitze, der Raum ist laut, schnell, gefährlich wie die Lücken zwischen Zugwaggons. Unmöglich, da einzugreifen. Man wandelt im eigenen Schlaf umher und wartet. Man wartet, bis der Zug vorbeigefahren ist.

Daniel glaubt, einer Lösung näherzukommen, während er mit seinem Herzen, seiner Arbeit ringt. Von mir verlangt er Nachsicht. Er spricht in komplizierten Metaphern von den Dingen, die ihn verlocken und verwirren, die aus einer moralischen Trunkenheit erfolgen. »Als würde ich fliegen«, erklärt er. »Ich steige immer weiter nach oben, immer weiter, und dann *huuuiiii*.«

»Bloß schade, daß dir dabei die Schlüssel aus der Tasche fallen«, sage ich ernst. »Und du dann nicht mehr ins Haus kannst.«

Er versucht, verblüfft zu gucken. »Letzte Nacht habe ich geträumt, daß ich um eine Straßenecke biege und jemand mit einer Pistole auf mich schießt, die Kugel ging mitten durch das Brustbein.« Kurzes Schweigen. »Glaubst du, das ist ein schlechtes Omen?« Er seufzt und fügt flüsternd hinzu: »Ich habe Angst, eines Tages wie mein Vater zu werden. Als er in meinem Alter war, hat er meine Mutter wegen einer zwanzig Jahre jüngeren Frau verlassen.«

Ich sage kein Wort. Ich lasse mir eine Whiskeytrüffel auf der Zunge zergehen. Was ich sehe, ist vollkommen von Linien durchzogen; selbst die Gardinen und Polsterbezüge scheinen zu regnen, wie die Kleider in einem Portrait von van Gogh.

Daniel sieht traurig aus, mit seiner großen, kräftigen Hand fährt er sich über das Gesicht; seine Stimme droht zu versagen. »Selbstverständlich hat meine Mutter viel Sinn für diese Art von Humor bewiesen.«
»Sie hat den Verstand verloren«, sage ich.
»Ja«, bestätigt er. »Sie hat den Verstand verloren.«

Wenn wir Hirn essen – seine schwammige Substanz, Teil eines natürlichen Kreislaufs, wieder in uns aufnehmen –, geben wir vor, ökologisch zu handeln. Doch vielleicht gebärden wir uns eher wie Monster in einem Sciencefiction-Film. Hirn! Hirn! Hirn! Als hätten wir kein eigenes mehr. Bis jetzt haben wir in unserer Ehe Furcht mit Unbeholfenheit bekämpft, Gleichgültigkeit mit Gleichgültigkeit; hier und dort wird die Welt in die Luft gesprengt, und unser persönliches Leben scheint sich in ihren Trümmern abzuspielen, im Schutz hastig aufgeschlagener Zelte. Wir schlängeln uns durch die Haarnadelkurven des Streitens und Abstreitens – das ist das Ende, das kann nicht das Ende sein –, wir sind in der schönsten Stadt der Welt: der teure Kaffee, das synthetische Abendrot, die *bateaux mouches*, die an jeder einzelnen verrußten Kirche mit Scheinwerfern vorbeiziehen, um sie wie eine Bühne zu beleuchten. In den *salons de thé* flambieren die Kellner ihre Crêpes mit Hilfe von Einwegfeuerzeugen, die sie abrupt aus ihren Hemdentaschen ziehen. Die Gendarmen belästigen die Afrikaner in der Métro; die Pudel dürfen ungestraft die Bürgersteige besudeln. Man darf seinem Kind keinen Namen geben, der nicht auf einer nationalen Liste geführt wird – und dabei ist dies die zivilisierteste Stadt der Welt! Die Stadt des Frühlings, der Lieder und anderer Kompositionen des Herzens. Wir fühlen uns wie winzige Partikel, die aus Versehen in einen gigantischen Prozeß mit einbe-

zogen wurden. Wir fühlen uns zu schwach, um zu kämpfen. Verzweiflung, Trägheit, Entsetzen – ihre flackernden Regungen sind einander zum Verwechseln ähnlich, sie tragen die gleiche zuckende Handschrift. *Ma chérie, müssen wir hier aussteigen?* Wir fühlen uns in einem Wandel begriffen – liegt es vielleicht daran?: von Milch zu Moder, zu Erde und Wind und anschließend zu was – zu Schlaf? Zu Sternen? Zeit für eine neue Konstellation!
Mein Mann hat wieder diesen Blick, diesen Blick, der ausdrückt, wie kompliziert die Welt ist, das Leben, wie man manchmal die Sehnsucht verspürt, einfach in sein Haus zurückzukehren, umgeben von schützenden Büschen, und dort zu verweilen.
»Nach Hause«, sagt er. Allein der Gedanke daran: der trügerische Reiz der Geborgenheit; die Kapitulation angesichts von Heimweh und verheißener Zuflucht. »Nach Hause, nach Hause, nach Hause.«
Dort, wo ungeachtet meiner geheimen Wünsche, daß es brennen möge, daß unser Leben um einer aberwitzigen, lästerlichen Freiheit willen in Flammen aufgehen möge, dort, wo unser bröckelndes Haus immer noch stehen wird, ganz und gar unversehrt; nach wie vor werden die Türklinken mit den Gummibändern des vormaligen Eigentümers umwickelt sein. Die Tiere, die wir bei den Renovierungsarbeiten eingemauert haben – die Mäuse und Lerchen –, werden in ihrem Gefängnis aufwachen und schreien und dann wieder verstummen. Es wird Frühling sein, doch da die Eichhörnchen bereits alle Blumenzwiebeln angenagt und umverteilt haben, wird nur eine einsame Narzisse – Solo für Trompete! – im Garten zittern, der Quittenbaum wird nicht blühen, für Gras wird die Erde noch zu schlammig sein, dafür wird sie in den ersten sonnigen Tagen vor lauter schlüpfenden Fliegen summen. In der Citgo-Tank-

stelle an der Ecke werden die Spatzen wieder einmal ihr Nest in dem Papierhandtuchspender bauen. »Du willst doch auch nach Hause, oder?« fragt Daniel mit einer solch heimwehkranken Stimme, daß ich unwillkürlich lächeln muß.

Vielerorts im Leben findet sich Mut.

Voller Wärme gehe ich auf ihn zu, suche seine Nähe, das Gefühl von Empathie und Zusammenhalt, um sein Gesicht zu betrachten, so feucht und jung in jenen Regentagen, um mich auf ihn abzustimmen oder zumindest einzustimmen. »Don't be lorn, don't be blue, it's only morn, and I'm with you.« Ich singe für ihn, doch er erstarrt, obwohl er sich dagegen wehrt, erst zwingt er sich zu lächeln, um sich dann sofort wieder zu verschließen. In letzter Zeit macht er das oft. Etwas, jemand in einem fremden Teil seines Lebens hält ihn zurück, wird zurückgehalten. Dorthin kann ich ihm nicht folgen – an jenem Ort der Verletzlichkeit sind wir beide getrennt. Wenn wir uns dort treffen wollten, würden wir gleichsam in den finsteren, gefährlichen Schatten von Fremden treten. Ich glaube aber, einiges an Geduld gesammelt zu haben, so wie man mit der Zeit Münzen ansammelt. Für mein Gefühl klimpert sie wie Wechselgeld. Ich denke, ich werde auf ihn warten: Soll er sich doch aufmachen und Unheil anrichten, Verwirrung stiften in dem verborgensten Teil seiner selbst. *Liebe währt ewiglich wie das Gras!* Ich werde auf ihn warten, mein Herz soll den Epilog sprechen, ich werde ihn immer wieder einstudieren, wie ich das vielleicht von jeher schon getan habe. Ich werde so lange warten, bis ich nicht mehr warten kann.

Versuche, so möglich, mit allen Menschen in Eintracht zu leben.

Ich denke an einen Aprilnachmittag zurück, ich war in der zehnten Klasse, und der Mädchenchor traf sich für die letzte Probe vor dem Frühjahrskonzert. Die Sonne strömte durch die Fenster der Turnhalle zu uns herein, und als wir auf dem Podest unsere Plätze einnahmen, standen wir mittendrin, wie himmlische Wesen, die man hinuntergelassen hatte. Unsere Chorleiterin Miss Field begann uns zu dirigieren, und ein eigenartiger Zauber erfüllte unsere Kehlen. Unsere Nerven waren gespannt, unsere Ohren bereit. Miss Field hatte für uns ein Stück von Schubert neu arrangiert, und zum erstenmal wurden die Töne frei. Ich hatte Sils nicht angeblickt, nicht anblicken können – sie stand auf der anderen Seite, bei den Sopranstimmen –, aber das spielte für mich auch gar keine Rolle, weil es nichts Persönliches war, dieses Singen, dieses Licht; einfach nur Mädchen, die nach wochenlangen Proben ein ätherisches Stimmenwunder zelebrierten, einen glockenhellen, vogelgleichen, kindlich klaren Klang, den sie mit vereinten Kräften noch zustande zu bringen vermochten. In diesem Singen, Zusammenwirken gaben wir uns selbst preis; aus vielen verschiedenen Rosen- und Lavendelmündern bildeten wir ein einziges lebendiges Wesen, eine Hyazinthe. Schon damals schien dieser Chor ein Abgesang auf unsere Kindheit zu sein, er traf uns im Innersten wie ein Ruf, und die Überraschung, die Wonne, die wir durch die Schwingungen, das Schwellen der Musik empfanden, waren so überwältigend, daß sie uns zur Decke emportrugen, ich kann es beschwören, so herrlich klangen wir. Alle konnten wir es hören, wir schwebten mittendrin, keine Jungen, keine Eltern waren zugegen, niemand, der uns bestätigte, nur wir allein, auch wenn wir diesen herrlichen Klang danach nie wieder zustande brachten. In meinem ganzen Leben als Frau – das bald im Anschluß daran begann und durchaus

Erfüllung brachte – habe ich nie wieder einen solchen Moment erlebt. Doch manchmal kehre ich im Geiste zu diesem Nachmittag zurück, durchlebe ihn noch einmal, gleite nach oben, den Schalldämmtafeln entgegen, den Basketballkörben und der alten Wanduhr aus Eiche, während unsere Stimmen behutsam die Harmonien freisetzen, so rein, präzise und hell, daß wir uns später, als wir vor dem Gehen unsere Sachen zusammenpackten, wunderten, wie hoch, schnell und weit sie gereicht hatten.

Danksagung

Ich danke der Guggenheim Foundation, der American Academy of Arts and Letters, der Brandeis University, dem Wisconsin Arts Board sowie der University of Wisconsin für ihr Interesse und ihre Unterstützung.

Weiterhin bin ich Nancy Mladenoff für ihr Engagement und Einverständnis zu tiefem Dank verpflichtet.